tredition®
www.tredition.de

AF186320

Irena Burk

Gleich wichtig

www.tredition.de

© 2020 Irena Burk

Verlag und Druck:
tredition GmbH, Halenreie 40-44, 22359 Hamburg

ISBN
Paperback: 978-3-347-13205-4
Hardcover: 978-3-347-13206-1
e-Book: 978-3-347-13207-8

Seit fast zwei Jahren versuche ich, mein Gewicht zu halten, mit einer konstanten Schwankung von ein bis zwei Kilogramm. Insgesamt habe ich 40 Kilogramm verloren und befinde mich in der Erhaltungsphase. Einmal im Monat gehe ich freiwillig zur Gewichtskontrolle, weil ich Angst habe, wieder zuzunehmen – berechtigterweise.

Das Ziel ist nach wie vor, langfristig gesund zu bleiben, denn das war ich vorher definitiv nicht mehr. Allerdings bedeutet das ein hohes Maß an Selbstdisziplin, sowohl im Alltag, aber speziell an den Wochenenden. Einladungen, Feste etc. – alles wird zur Herausforderung. Dazu noch die Corona Krise und alles bekommt eine andere Bedeutung. Ich versuche, stark zu bleiben, mir meine Schwächen von der Seele zu schreiben und alles gleich wichtig zu nehmen, um letztendlich im gleichen Gewicht zu bleiben.

In Erinnerung an Mama

„Essen und Trinken schmeckt"

Mentale Genusssucht

Ein sonniger und heißer Sonntag im August. Ich sitze wieder mal im Garten, unter dem Sonnenschirm, schwitze und schreibe. Das hilft mir enorm, mich mit meiner aktuellen Lebenskrise auseinanderzusetzen.

An das Witwendasein habe ich mich mittlerweile gewöhnt, an das Erschlanktsein allerdings nicht. In meiner eigenen Wahrnehmung empfinde ich mich immer noch als fett und das macht mich auf allen Ebenen unzufrieden. Genau wie die Cola Light, die ich gerade trinke.

Mein Leben hat sich geändert und hat einen neuen Rhythmus, aber die falsche Melodie. Sie klingt wie das Lied: „Was wollen wir trinken? Sieben Tage lang ..." von Hermann van Veen und Schwups, habe ich einen Ohrwurm.

Mentale Genusssucht nenne ich diesen Zustand und die bestimmt meinen Alltag. Mit dem Tod meines Mannes hat sich leider auch die Sinnlichkeit aus meinem Leben verabschiedet, obwohl ich versuche, durch Essen und Trinken eine mentale Befriedigung zu erlangen. Das hört sich sexistisch an oder wie eine SM-Nummer zwischen Körper und Geist.

Tatsächlich sind es sehr komplexe frühkindliche Mechanismen, die diese Sucht auslösen und mit der Muttermilch beginnen, hat mir meine Psychotherapeutin erklärt.

Zum Glück sind meine Blutwerte okay und ich gehe dreiwöchentlich ins Krafttraining. Von einer Frau Schwarzenegger weit entfernt, genauso wie von den erhofften Engelsflügel. Leider immer noch Winkeärmchen, denen ich gerne „Hasta la vista, baby" sagen würde. Zumindest besitze ich jetzt eine geschmeidige Beweglichkeit, um dem inneren Schweinehund auszuweichen.

Die üblichen körperlichen Schmerzen kommen und gehen. Altersgerechte Zipperlein gesellen sich neuerdings dazu und das Bewusstsein, auf die 60 zuzugehen. Klingt nach Wechseljahren. Midlife-Crisis gefällt mir besser in diesem Zusammenhang, klingt dramatischer. Körper, Geist und Seele – das alte Dreigestirn – in Rebellion und ich in alter Kampfbereitschaft.

Zumindest bin ich wie immer stets bemüht, aber hadere schon ein wenig mit meinen schwachen Momenten. Gerade jetzt, die Gedanken an das leckere Essen im Kühlschrank, das von der gestrigen Grillparty übriggeblieben ist. Hunger habe ich eigent-

lich keinen, aber diese Dinge sind wie eine Schad-
software in meinem Gehirn. Kampfmodus einge-
schaltet! Mache mir halt eine Latte mit fettarmer,
laktosefreier Milch.

Update

Eine der neuesten Fragen an mich – natürlich nach angemessener Trauerzeit – ist, ob ich eigentlich schon mal gedatet hätte? Zuerst habe ich es gar nicht verstanden, weil es sich anhört wie ein Update für meinen PC. Meine altmodische Antwort, nachdem ich es dann verstanden habe: „Nein, ich war bisher noch nicht verabredet, falls Männer gemeint sind." Jedenfalls höre ich dann Argumente wie: „Wäre doch schön, wenn da jemand ist, du bist doch noch so jung", danke, „du willst doch bestimmt nicht alleine bleiben für Sex, Essen gehen, Reisen – in dieser Reihenfolge." Meine Argumente: „Ich bin 58! Manchmal ist es gar nicht so übel alleine zu sein. Ok, wäre nicht schlecht mit jemanden zu reden und sich auszutauschen, der einen versteht oder es zumindest versucht. Für Essen gehen, Reisen, Sex – meine Reihenfolge." Die Welt da draußen denkt tatsächlich, dass ich bereit sein könnte für einen neuen Partner.

Natürlich finde ich Männer gut und flirte sehr gerne mit ihnen, wenn ich die Gelegenheit dazu habe. Es tut mir gut und streichelt mein Ego als Frau. Ich hatte sogar schon einen sehr heißen Flirt mit einem kleinen Italiener. Das habe ich extrem genossen, aber er ist eben ein großer Casanova und das brauche ich dann doch nicht.

Bisher gab es in meinem neuen Leben noch nicht den richtigen Zeitpunkt, mir über einen eventuellen Partner, Gedanken zu machen. So was muss von alleine passieren und ehrlich gesagt hätte ich auch Angst vor diesem Schritt, über das Flirten hinauszugehen. Trotzdem ein interessanter Gedanke, ob es für mich tatsächlich noch möglich wäre, wieder mit einem Mann glücklich zu werden. Doch welcher Mann, möchte so eine temperamentvolle, selbstständige Witwe, die ein bisschen schnarcht, mit anstrengender Multikulti-Familie und Kater. Hört sich an wie eine Anzeige in einer Partnerbörse für Senioren.

Mal sehen, was das Schicksal noch mit mir vorhat. Zumindest möchte ich gesund bleiben, um ein eventuelles Update genießen zu können. Außerdem motiviert es mich aktuell, mein Gewicht zu halten und auf mich zu achten. Ein bisschen neugierig bin ich schon und vielleicht wäre ein Update diesbezüglich schon notwendig, um mitreden zu können. Meistens geht man ja Essen zum ersten

Date und vielleicht würde ich dann nicht nur immer an Essen denken. Das wäre eigentlich eine Win-Win-Situation.

Stadtfest

Gestern Abend war ich seit Jahren das erste Mal wieder auf unserem Stadtfest. Erst hatte ich mir überlegt, ob ich überhaupt hingehen soll. Die vielen Menschen, das Gedränge an den Ständen und beim Laufen, die laute Musik und die teuren Getränkepreise, waren meine Gedanken. Der Hauptgrund war natürlich der: das erste Mal ohne Waldemar. Nein, nicht wieder in Trauer verfallen, dachte ich mir dann und sagte zu mir selbst: „Du musst raus, raus ins Leben" oder besser gesagt aufs Stadtfest.

So zog ich dann mit meinen Freundinnen los und wir hatten einen tollen und fröhlichen Abend. Ich habe so viele alte Bekannte getroffen, die sich total gefreut haben, mich zu sehen und so habe ich den Abend dann doch noch genossen. Vor allem, die Gespräche, das Lachen, die Freude am Leben, die laute, aber tolle Musik und das Festbier. Die Kalorienbombe schlechthin. Es wurden allerdings mehrere Bömbchen.

Tagsüber hatte ich mich ernährungstechnisch schon reguliert, aber trotzdem blieb die Angst, bei jeder Sünde wieder zu zunehmen. Zugegebenermaßen war es eine große Sünde. Zu mitternächtlichen Stunde sind wir die 2,5 Kilometer zu mir nach Hause gelaufen. Ein bisschen Bewegung schadet ja nicht, auch wenn unsere Füße irgendwie rund waren.

Die nächtliche Einkehr bei mir Zuhause bescherte meinen Gästen einen kleinen Mitternachtsimbiss. Lauter böse Sachen, die ich immer auf Vorrat habe. Käse, Schinken, Salami, Pastete und – ganz böse – Weizenbrötchen. Da ich nicht unhöflich sein wollte, habe ich natürlich mitgesnackt. Hört sich kalorienärmer an als mitgegessen. Um halb drei Uhr morgens bin ich dann satt, zufrieden und mit meinem verwunderten Kater Pauli ins Bett.

Ab heute will ich versuchen, gelassener mit meinem neuen Leben umzugehen. Dazu gehört es eben, die Wochenenden zu genießen und ich habe damit angefangen, indem ich das erste Mal seit Waldemars Tod ausgeschlafen habe.

Unter der Woche wird wieder gekämpft. Aber zunächst gibt es heute Abend in unserem Stammlokal ein „Schnitzelchen", natürlich ohne die üblichen Sättigungsbeilagen.

Träume

Ich hatte einen Albtraum, in dem ich plötzlich einen Penis hatte. Lauthals habe ich dagegen protestiert und wollte sofort mein eigenes Geschlechtsteil wieder zurückhaben. Jedenfalls konnte ich mich am Morgen noch genau an diesen schrecklichen Traum erinnern und musste mich erstmal vergewissern, ob alles noch beim Alten ist. Zum Glück alles wie gehabt, denn ich bin nämlich sehr gerne eine Frau. Warum träumt man so einen Unsinn?

Da gibt es doch auch die schönen Träume, die alten gemeinsamen Träume und die Tagträume. Einer dieser Tagträume wäre der Wunsch, in eine französische Bäckerei eingeschlossen zu werden. Früh morgens, wenn aus der Backstube dieser herrliche Duft nach frischem Baguette und butterigen Croissants kommt. Natürlich würde ich auch zuschlagen, aber das bleibt eine Fantasie. Französische Boulangerien haben es mir schon als kleines Mädchen angetan, wenn wir tagelang mit dem Auto quer durch Frankreich auf dem Weg nach Spanien unterwegs waren. Alleine die Sprache der Verkäuferinnen, wenn sie nur „Bonjour Madame" sagten, klang wie ein Singsang, um dann die Leckereien wie kleine Präsente zu verpacken. Danach folgte wieder melodisch ein „Merci" und ein „Au revoir". Nostalgische Erinnerungen an eine andere Zeit in meinem Leben.

Waldemar und ich hatten den Traum, wenn er in Rente ist durch Frankreich – entlang der Atlantikküste bis runter nach Spanien und Portugal – zu reisen. Überall wollten wir Halt machen, wo es uns gefällt, um Märkte, Weingüter und Restaurants zu besuchen. Regionale, kulinarische Köstlichkeiten entdecken und probieren, so wie wir es immer gemacht haben, wenn wir mit dem Auto unterwegs waren. Zum Beispiel Kurztrips ins Elsass zum Einkaufen oder mal schnell mit dem Motorrad nach Luxemburg zum Eis essen. Unsere Reisen haben mich kulinarisch inspiriert und ich habe für Gäste, Feste und bei den Events, die ich ausgerichtet habe, alle Eindrücke unserer Reisen kreativ einfließen lassen. Heute alles längst vergangene und gelebte Träume, aber immer noch mit den Düften in der Nase und dem Geschmack auf der Zunge.

Die Sehnsucht, meine Mahlzeiten, mit einem Partner zu teilen und zu verreisen, um gemeinsam zu genießen, die bleibt allerdings. Das wäre wie ein Geschenk, wenn aktuell auch nur noch in abgespeckter Version. Gutes Essen ist wie guter Sex, hat Waldemar immer gesagt und ich vermisse tatsächlich beides – aber vor allem ihn.

So träume ich weiter und vielleicht gibt es ja da doch noch jemanden ,der mit mir träumen möchte.

Gabi und Gin

Wer ist Gabi? Gabi steht für Gabione. Das ist ein mit Steinen gefüllter Drahtzaun. Dieser ziert seit zwei Wochen in U-Form meinen Vorgarten und dient als Mülleimerstellplatz. Da sich meine unmittelbaren Nachbarn erst an diesen neuen Anblick gewöhnen müssen, habe ich kurzentschlossen ein Einweihungsfest in kleiner Runde anberaumt. Mit Champagner angestoßen und die Gabione Gabi getauft, wurde daraus eine fröhliche Party. Das können nur Leute, die – wie wir – am Friedhof wohnen. Natürlich gab es auch etwas zu essen. Kohlenhydrate, ok, aber mit großer Zurückhaltung meinerseits. Champagner ist ja schließlich nahrhaft genug. Jedenfalls haben wir kollektiv beschlossen, dass Gabi zukünftig zur Außentheke für Straßenfeste genutzt wird. Die Form und Lage bieten sich optimal an und die ausgemachte Parole für die Nachbarschaft lautet zukünftig: „Feier bei Gabi Burk." Sie hat natürlich auch meinen Nachnamen bekommen. Hoffe, sie lebt sich hier gut ein.

Kalorienreich war auch das Gin-Tasting, das ich meinem Schwager zum Geburtstag geschenkt habe und er mit drei Damen daran teilnehmen musste. Cocktails in allen Farben – und zwar für jeden sechs an der Zahl. Dazu lecker belegte Brötchen, Grissini und sogar gesunde Obstplatten. Ich ahnte schon Böses, deshalb hatte ich tagsüber bereits auf Kohlehydrate verzichtet. Ein schöner Abend.

Vorausschauend essen und trinken funktioniert nur, wenn man es tatsächlich planen kann. Spontane Gelage verursachen nur ein schlechtes Gewissen und unnötige Gewichtszunahmen. Immer vernünftig sein und niemals die Kontrolle verlieren. Klingt wie ein Gesetz – und nach Bestrafung.

Das alles hört sich an, als wäre mein neues Leben ein einziges Fest, aber weit gefehlt. Leider nur Momentaufnahmen oder alltägliche Herausforderungen. Neudeutsch: Challenges, die in den Medien allgegenwärtig sind. Also liege ich voll im Trend.

Eine besondere Challenge war der starke Regen in dieser Woche, als mein Keller teilweise unter Wasser stand. Mit nachbarschaftlicher und schwesterlicher Hilfe haben wir alles gerettet und trockengelegt. Man verliert zwar Nerven, aber auch den Appetit.

Dasselbe gilt für erwachsene Kinder, die ihr Leben nicht in den Griff bekommen. Immer sind die anderen schuld. Schlägt nicht nur auf den Magen und war der ultimative Diättag der vergangenen Woche.

Low Carb

Pauli hat mich in den vergangenen Wochen nachts regelmäßig mit toten Mäusen beschenkt. Er hat bestimmt bemerkt, dass ich öfter hungrig zu Bett gehe. So sehr ich diesen Kater liebe, so sehr hasse ich seine Geschenke. Das letzte war eine noch lebende Maus, die er mir ins Bett mitbrachte. Bei dem wir uns um zwei Uhr nachts alle gegenseitig erschrocken haben, ich hysterisch wurde und nicht mehr schlafen konnte, weil die Maus irgendwo im Schlafzimmer verschwunden war. Der verständnislose Blick meines von der Mäusejagd müden Katers über meine Undankbarkeit war allerdings bühnenreif.

Draußen ist es mittlerweile herbstlich geworden und Pauli bleibt nachts im Haus. Der Herbst ist nicht meine Jahreszeit und macht mich jetzt schon nach ein paar sonnenlosen Tagen trübsinnig. Socken, feste Schuhe, Jacken – und die Lust auf herzhaftes, deftiges Essen. Die Werbeblättchen sind voll mit Oktoberfest-Leckereien, Apfelkuchen, Kürbis- und Kraut-Rezepten. Was könnte man alles damit anstellen und wie das erst schmecken könnte? Im Land der Schlemmer-Fantasien.

Alles Hüftgold extra, deshalb habe ich meine althergebrachten Rezepte durch Low Carb Versionen ersetzt, beziehungsweise modifiziert. Ich bilde mir ein, dass es genauso lecker schmeckt, wie herkömmlich gekocht, und dazu noch viel gesünder ist. Wie zum Beispiel der Apfelkuchen, den ich gerade backe, der zwar nach Kuchen duftet, aber nicht sexy aussieht. Alles Selbstbetrug im Namen der Gesundheit. Eigentlich müsste es Sado Maso anstatt Low Carb heißen. Low Carb klingt irgendwie viel zu niedlich und lustbefreit.

Gestern hatte ich für unser Stadtteilfest einen echten Kuchen gebacken, mit Butter, Zucker, Schmand und süßen Pfirsichen. Das ist Foodporn! Zumindest eine optische Befriedigung und ich hoffe, dass ich das Zubereiten meiner traditionellen Gerichte nicht verlerne, damit sich wenigstens andere Menschen daran erfreuen können.

Nächste Woche muss ich zum Wiegen und jedes Mal habe ich Angst vor der Waage, obwohl ich weiß, wieviel ich aktuell wiege. Ich halte seit über neun Monaten mein Gewicht, mit Schwankungen um die zwei bis drei Pfund. Sobald die Waage nach oben zeigt, bin ich total unglücklich und verfalle in Panik. Ich habe mir eine Grenze gesetzt und arbeite an diesem so genannten Set Point. Erst wenn sich mein Körper, beziehungsweise mein Stoffwechsel,

ein Jahr an das neue Gewicht inklusive der normalen Schwankungen gewöhnt hat, kann ich es schaffen, diesen Set Point langfristig zu halten.

Der Apfelkuchen ist fertig und sieht sehr gesund
aus.

Annies Song

Gerade habe ich einen spanischen Apfelkuchen in den Backofen geschoben. Der ist fürs Kuchenbuffet des Rudervereines. Laut Rezept kommt ein Glas Rotwein in den Teig und da die Flasche jetzt eh auf ist, trinke ich ein Gläschen, während der Kuchen so vor sich hin bäckt. Eigentlich bin ich ganz froh, ab und zu nochmal meine alten Rezepte nutzen können, um anderen eine Freude zu bereiten. Meine Low Carb Kuchen sind schon sehr gewöhnungsbedürftig. Bei denen muss ich alles nachlesen und habe nicht wie gewohnt alle Rezepte im Kopf. Auch das werde ich wohl noch verinnerlichen müssen. Der einfache trockene Tinto schmeckt gar nicht mal so übel und ich höre in der Zwischenzeit ein bisschen Musik. Es läuft „Annies Song" von John Denver. Das Lied berührt mich zutiefst. So viele Gefühle und eine tragische Liebesgeschichte dazu, genau wie bei uns. Die Gefühle und die Sehnsucht bleiben ein Leben lang. Emotionen, aus Freude und Schmerz geboren, und in jeder Zelle unseres Körpers fühlbar. Wer so empfinden und es auch noch in einem Song ausdrücken kann, weiß wie sich Liebe anfühlt. Mein Herz läuft über. Ach, dann eben noch ein zweites Gläschen.

Der gemeine Mensch neigt dazu, sentimental zu werden, wenn er etwas getrunken hat. Zunächst fröhlich, mit einem leichten Hang zum Überschwang und danach schwermütig. Ich nenne es Level 1 und Level 2. Es gibt auch Level 3, aber das bedeutet Entgleisung der Gesichtszüge und Kontrollverlust. Zum Glück bin ich selten über Level 2 gekommen. In jedem Fall peinlich, egal wie alt man ist, passiert aber vielen Menschen häufig, die Level 2 einfach übergehen. Was sieht man eigentlich, wenn man zu tief ins Glas schaut? Gute Frage, denn bisher gucke ich nur in den Backofen.

Neuerdings kommt bei mir die Sache mit den Kalorien noch hinzu, denn Alkohol macht nicht nur süchtig, sondern auch fett. Dazu kommt meine Leidenschaft für Champagner und die Frage, ob es hier ein bisschen mehr sein darf, beantwortet sich von alleine. Vornehme Zurückhaltung ist dann doch nicht so mein Ding. Allerdings fehlt mir beim Genuss eine gewisse erotische Wirkung und es kribbelt aktuell nur noch in meinen Wangengrübchen.

Nach Waldemars Tod musste ich wieder lernen, dass ich lachen und feiern darf. Unser Keller ist stets gefüllt mit guten Tropfen. Familie und Freunde bringen Freude in mein Leben und zum Glück habe

ich diese Menschen, die mit mir genießen und feiern, oder einfach nur für mich da sind, in Freud o-
der Leid, auch wenn ich mit angezogener Hand-
bremse unterwegs bin. Ja, ich bin tatsächlich eine
lustige Witwe und ich fröne meinen Leidenschaf-
ten, tanze und singe. Lebensfreude pur. Aber
manchmal kullern doch zu später Stunde ein paar
Tränchen – Level 2,5.

Haus der Sünde

Es hört sich immer toll an, wenn jemand ein Haus in Spanien am Meer hat. Ist es eigentlich auch, wie in unserem Fall ein kleines Reihenhäuschen an der Costa Blanca mit Meerblick. Wir vermieten es nicht, weil wir es nur in der Familie nutzen, deshalb ist es schon wie ein zweites Zuhause. Allerdings zieht es mich in den vergangenen Jahren nicht mehr so sehr dorthin. Waldemar war das letzte Mal mit mir, gemeinsam mit Freunden, über meinen 50. Geburtstag dort. Der Ort hat durch den Bauboom an der Küste seinen Charme und Reiz verloren. Als wir vor 40 Jahren dorthin kamen, war alles noch sehr beschaulich und erholsam.

Selbst das Wetter ist nicht mehr so beständig wie früher. Vergangene Woche hat ein Unwetter die Region heimgesucht und überflutet. Wir sind direkt danach für eine Woche hingeflogen, unser Häuschen blieb zum Glück verschont. Die Strände waren allerdings alle verwüstet. Also waren wir zum Extrem-Shopping unterwegs. Das hilft immer. Diverse Weine haben leider auch gemundet, zumal der Metzger in der Nachbarschaft in seinem Laden ein Fass mit Rotwein aus der unmittelbaren Region stehen hat, das er mit anderen regionalen Produkten anbietet. Direkt an der Metzgerei ist eine Bar und die bieten diese Weine ebenfalls an. Es ist besonders lustig zu beobachten, dass sich Kunden in der Bar Getränke holen und damit zum Metzger gehen, einkaufen und Schwätzchen halten. Man kennt sich halt und alles ist unkonventionell.

Ja, mir hat es leider auch wieder zu gut geschmeckt und ich komme nicht damit klar. Genauer gesagt: mit diesem ständigen schlechten Gewissen. Und das verdirbt mir tatsächlich diesen absoluten Genuss. Kulinarisch bleibt Spanien immer ein Highlight und die Versuchungen sind allgegenwärtig. Ich komme mir vor wie eine Sünderin und die Bestrafung folgte prompt auf der heimischen Waage: plus drei Pfund in einer Woche. Das Haus am Meer bleibt ein Haus der Sünde für mich. Figurschädlich und kostspielig durch Shopping-Exzesse, besser gesagt Frust-Käufe.

Zuhause – nach kurzer Depression und Einkauf der üblichen fettarmen und lustbefreiten Lebensmittel – geht es zurück zur heimatlichen Tagesordnung und Disziplin. Meine Urlaubserinnerungen sind sündhafte: Bocadillos, Tortillas, Patatas Fritas, Churros, Paellas, Tapas und Vinos.

Depression

Was löst eine Depression aus? Bei einigen Menschen kommen Depressionen wie angeflogen. Bei mir sind sie eine Folge von Einsamkeit, Kummer, Selbstzweifel und Unzufriedenheit sowie der Appetit auf verbotenes Essen. Dazu kommen Schmerzen und auch Rheuma-Schübe nach dem Verzehr von kritischen Lebensmitteln wie Weißmehl, Zucker, Schweinefleisch oder Alkohol. Das sind zurzeit meine kleinen Urlaubsandenken sowie drei Pfund Übergewicht. Trotz all meiner Kenntnisse in punkto Ernährung bin ich wieder in die Falle getappt und das macht mich unglücklich und depressiv. Gestern wollte ich am liebsten den ganzen Tag in meinem Nachthemd bleiben und mit niemandem reden. Nicht in den Spiegel schauen, aber auch nicht in den Kühlschrank. Mein Äußeres am besten geflissentlich ignorieren, damit das Innere nicht noch mehr Stress hat. Körpern und Geist befinden sich im Krieg und die Seele aus dem Gleichgewicht. Der Körper denkt an Leberwurst oder ein Stück Käse und der Geist sagt: „Spinnst du?"

Die Seele ist doch eher harmoniebedürftig und ist bemüht, Frieden zu stiften, also appelliert sie an den Verstand. Ein Plan muss her. Besinne dich auf deine Stärken und auf dein Wissen und wende es endlich an! Ok, ich versuche es.

Zunächst duschen, anziehen, sich mit dem Spiegelbild konfrontieren und gegebenenfalls kosmetisch aufrüsten. Fake! Zunächst einen Kaffee – geht immer – und Zeitung lesen – lenkt ab. Gut, noch einen Kaffee und die alten Lebensgeister beschwören, danach zu neuen Taten schreiten. Konkret: Einen neuen Ernährungsplan erstellen, basierend auf dem erlernten Wissen – Klugscheißerin.

So habe ich mir zunächst einen Tagesplan gebastelt und versuche, die Regeln einzuhalten. Selbstmotivation gelungen und die Zuversicht kehrt zurück. Zumindest hört es sich vernünftig an und vielleicht gehen auch die Schmerzen wieder weg und ich kann wieder ins Fitnesstraining gehen. Zunächst koche ich mir eine basische Gemüsesuppe und zum Nachtisch gibt es einen sehr fettarmen Joghurt mit Obst. Guter Plan.

Alte Muster

Vergangene Woche habe ich meine Nachbarn zum Frühstück in ein Café eingeladen. Sehr reichhaltig, sehr lecker und ich habe natürlich zugeschlagen. Gut, ich habe Vollkornbrötchen gegessen, aber ein Piccolöchen dazu getrunken...

Heute Morgen besteht mein Frühstück aus einem Bioapfel, den ich in feine Spalten geschnitten habe, damit es nach mehr aussieht. Der Apfel ist sehr lecker und aus der Region. Eine alte Sorte und auch für Allergiker bestens geeignet. Mit diesem gesunden Bewusstsein genieße ich meine Apfelschnitzen und denke darüber nach, wie schwierig es doch ist, diese alte Muster und Gewohnheiten zu durchbrechen. Alles anders, als wir es aus unseren Familien kennen. Frühstücken ist in meiner Schulzeit auch schwierig gewesen, aber eher aus Zeitgründen. Aber es gab immer Pausenbrote und Obst nach Jahreszeit. Nur an den Wochenenden wurde ausgiebig und lange gefrühstückt. In Waldemars Familie wurde es genauso gehalten und diese alten Muster sind im Genusszentrum unseres Gehirns gespeichert.

Schwieriges Szenario in meinem Kopf. Er denkt „Frühstück" und bekommt einen Apfel. Auch ich frühstücke normalerweise, aber eben nicht mehr täglich und es gibt keine Rituale mehr. Ich muss mich entscheiden, wie und wann ich meine Kohlenhydrate zu mir nehme: entweder zum Frühstück oder zu den anderen Mahlzeiten. Meistens mache ich mir einen Plan, der sich nach meinen Terminen richtet. Das mache ich jetzt seit eineinhalb Jahren und es hilft mir enorm. Ansonsten gerät man in eine Hungerfalle und ist versucht, alles in sich hineinzustopfen, was irgendwie essbar und vielleicht sogar schon abgelaufen ist.

Mein Kühlschrank ist nach wie vor sehr gut sortiert, aber mittlerweile sehr gesund und mager. Trotzdem lecker, abwechslungsreich und ich bin sehr kreativ, mir mein Essen schmackhaft zu reden. So wie gestern. Da habe mir Spätzle aus Quark mit Haferkleie gemacht. Sehen aus wie Knöpfle – ein bisschen grau und schmecken auch nicht nach Spätzle – aber mein Kopf fand die Idee toll und sie war gar nicht mal so übel.

Die Erinnerungen an Geschmäcke sind schon fast unheimlich und sofort präsent, wenn man nur das Wort eines Lebensmittels hört. Also, was müsste man machen, um neue Muster zu erhalten? Gehirnwäsche? Blut austauschen, aber von wem? Wir haben alle Muster und vielleicht sind meine alten

Muster gar nicht mal so schlecht und ich bin ständig am Modifizieren.

Heute Mittag gibt es ein Steak und zack, hat mein Kopf eine Erinnerung. An das beste Steak meines Lebens, dass ich vor zwanzig Jahren am Grand Canyon gegessen habe. Es hieß Cow Girl Steak und war ein perfekt gebratenes Filet Mignon und, ehrlich gesagt, so was will ich gar nicht vergessen!

Herbst

Viele Menschen freuen sich auf den Herbst mit seinen bunten Farben. Ich nicht. Die meiste Zeit ist es trüb, nass und grau. Der Herbst symbolisiert für mich den Zerfall und den Abschied. Hört sich depressiv an, aber der Abschied vom Sommer ist auch ein Rückzug vom Leben.

Die Werbung suggeriert uns kuschelige und gemütliche Verkaufsargumente in Form von Teelichtern, Kerzen, warmer Bettwäsche und Decken, Pyjamas, diversen Teesorten etc. Ich nenne das: Vorbereitung auf den Winterschlaf mit eventuell kurzen sonnigen Momenten. Mir persönlich fällt dieser Übergang zur dunklen Jahreszeit sehr schwer und wenn man sich, wie ich, auch noch kohlenhydratarm ernährt, wird das Ganze noch trüber.

Die Glücksmomente von gemütlichen Kaffeenachmittagen oder Abendessen gehören der Vergangenheit an und es kostet enorm viel Kraft, sich ständig auf die Gesundheit zu besinnen. Jetzt versuche ich, mich abzulenken, indem ich meinen Garten nach und nach winterfest mache und in der Gärtnerei bunte Herbstpflanzen kaufe, um das zunehmende Grau mit einigen Farbakzenten zu durchbrechen.

Im Sommer habe ich mir eine gemütliche Feuerstelle im Garten angelegt. Jetzt steht noch eine Sitzbank mit Fellen und Laternen, einem dicken Kürbis und einem bunten Pflanzenkorb vor dem Kamin. Das sieht wirklich kuschelig und einladend aus und schreit direkt nach gemütlichen Kaminabenden, erleuchtet durch Freude und Genuss. Dick eingemummelt und mit Glühwein bewaffnet. Dazu ein leckeres Chili oder Gulasch. Herbstphantasien. So könnte man zumindest einige trübe Herbsttage überstehen, wenn da nicht die Sache mit dem Gewicht halten wäre.

So schnell gebe ich nicht auf und meine Gedanken animieren mich gerade, neue Strategien zu entwickeln. Low Carb Eintöpfe, die jeder essen kann und die lecker sind, wer will mit Brot oder Baguette dazu. Mittlerweile backe ich auch kohlenhydratarme Brote und die sind gar nicht mal so übel. Es ist nämlich alles eine Kopfsache und es gilt, die alten Muster zu durchbrechen. Zugegeben, leckere alte Muster!

Den Wechsel der Jahreszeiten hinzunehmen und in jeder Hinsicht das Beste daraus zu machen. Dunkle Gedanken und Tage mit Licht und Freude zu erhellen. Die Werbung hat es ja bereits erkannt und vielleicht wird es ja doch noch ein schöner Herbst. Zumindest wird er anders schmecken.

Im Schlaraffenland

Vergangene Woche war ich mit meiner Familie in Südfrankreich. Genauer gesagt mit dem Schiff auf der Rhône. Eigentlich ist das Reisen auf einem Flusskreuzfahrtschiff eher entschleunigend, wären da nicht die stressigen An- und Abreisen, die früh angesetzten Ausflüge und der Sturm ans Buffet.

Alleine die Anreise mit dem Zug ist, trotz 1. Klasse, eine Herausforderung an allen Bahnhöfen. Für Reisen mit großem Gepäck und mit Rollstuhl eine Katastrophe. Zum Glück hatten wir auf der Hinfahrt einige Döschen eisgekühlten Prosecco dabei. Danach konnten wir sogar mit französischem Akzent sprechen und haben unsere Mutter fortan nur noch „Maman" genannt.

Angekommen in Lyon, der Stadt der Gourmets, haben wir, wie erwartet und erhofft, gut diniert und logiert. Allerdings ohne Baguette. Dafür gab es zum petit-déjeuner am nächsten Morgen ein warmes duftendes Croissant für mich. Nackt und ohne alles. Himmlisch! Danach ein bisschen Obstsalat, für das gute Gewissen, in Anbetracht der bevorstehenden Fressorgien an Bord.

Vor der Einschiffung haben wir die Markthalle von Paul Bocuse besichtigt. Das war Folter pur. Das reinste Schlaraffenland und ich bin bis jetzt noch traumatisiert vom Anblick der leckeren Stände. Natürlich habe ich Fotos gemacht, die ich mir allerdings nur im satten Zustand betrachten werde. Ich glaube, man bleibt sein ganzes Leben ein Feinschmecker und muss lernen, maßvoll damit umzugehen. Sich den Genuss zu verbieten ist der falsche Weg und es ist wie mit allen anderen Dingen im Leben: es nicht übertreiben.

Die nächste Hürde war das Essen an Bord. Da war Disziplin gefragt, eher zwingend notwendig, und auch hier gab es kein Baguette, Nudeln, Reis und Kartoffeln für mich. Dafür alle anderen Leckereien außer Desserts. Allein der Alkohol-Konsum ist Hüftgold extra.

Was ich allerdings am meisten verabscheue, ist der Run ans Buffet, bevor es offiziell eröffnet wird. Meist sind es ältere Mitmenschen, die möglicherweise Angst haben, hungrig das Zeitliche zu segnen und deshalb schon mit Teller bewaffnet ihre Plätze im Bordrestaurant besetzt haben. Es haben nur noch die typischen Badetücher auf den Stühlen gefehlt. Da können schon mal Spannungen aufkommen. Aber wir haben den ersten Ansturm abgewartet und mit Ruhe unseren Aperitif genommen, denn es gibt ja schließlich immer genug für alle.

Zunächst habe ich die Speisen in Augenschein genommen, um zu eruieren, was und wie viel ich davon essen kann. Leider auch immer etwas zu viel, aber trotzdem relativ diszipliniert. Man gewöhnt sich tatsächlich mit der Zeit daran, auf die richtigen Speisen und Mengen zu achten, auch wenn es für die Mitreisenden oftmals befremdlich wirkt. Jedenfalls hatte ich nie Probleme mit dem Magen, weder vom Essen noch vom Trinken, und das alleine hat sich gut angefühlt. Auch wenn die eine oder andere kleine Sünde dabei gewesen ist.

Auf der Rückreise habe ich mir zum Abschied ein Körner-Baguette gegönnt und komplett verspeist. Es hat deliziös gemundet und ich war abschließend zufrieden und kulinarisch befriedigt.

Zuhause gab es dann kein Abendessen und das Umschalten auf den Low Carb Modus funktionierte mit jedem Mal besser. Es wird zwar immer ein Kampf bleiben, aber das Bewusstsein für meine Ernährungssituation ist mittlerweile in meinem Kopf angekommen. Fazit: Zuhause habe ich mein eigenes Schlaraffenland, wenn auch ein Schlankeres, aber auf alle Fälle mit Gourmet Niveau.

Geschmackssache

Leider gibt es traurige Nachrichten, wie die vom Tod einer lieben Freundin, die ihr Witwendasein nicht ertragen konnte und den Freitod gewählt hat. Ich kann sie gut verstehen, denn es ist sehr schwer, alleine zurechtzukommen. Niemals werde ich ihr fröhliches Lachen und unseren letzten feuchtfröhlichen Abend erst vor wenigen Wochen vergessen. In Gedanken proste ihr zu und hoffe, sie hat ihren Frieden gefunden.

Die emotionale Ebene bringt die körperliche komplett durcheinander und neigt zur Unvernunft. Wie bei einem Boxer, der im Ring steht und der Gegner heißt Gewicht. Der Boxer müsste eigentlich einen Mundschutz tragen, der würde dann zumindest verhindern, dass man ständig isst oder trinkt. Ich bin allerdings kein Boxer und allein der Gedanke an einen Fremdkörper in meinem Mund, bereitet mir schon einen Lippenherpes. Unser Mund, mit all seiner Sinnlichkeit, sollte sich doch nur an den schönen Dingen erfreuen und allmählich verstehe ich, was gemeint ist, wenn es heißt, dass Essen und Trinken der Sex des Alters sind.

Essen runterschlingen geht zum Beispiel gar nicht, nein – langsames Kosten der Aromen und Konsistenzen, wahrnehmen das Geschmacks mit

Genuss und Ästhetik. Die Güte, die Frische und der Duft lassen uns verzücken, wenn wir eine entsprechende Wertschätzung dafür entwickelt haben. Alles eine Frage des Geschmacks. Und doch sind es oftmals die einfachen Dinge, die uns schmecken und glücklich machen. Das kann ein Reisbrei mit Zucker und Zimt oder eine Erbsensuppe sein. Es sind eben nicht immer die Austern, der Kaviar und der Hummer, die wir im Sinn haben, wenn wir Appetit bekommen. Genauso wenig wie bei Champagner, gilt es auch für den Wein, dass nur der gut ist, der mir schmeckt. Erst dann ist es für mich ein guter Wein. Alles Geschmackssache.

Durch die Ernährungsumstellung werden die Sinne empfindlicher und auch empfänglicher für alle kulinarischen Reize, die auf uns einströmen. Selbst beim Lesen leckerer Rezepte entwickeln sich Fantasien, insbesondere bei verbotenen Speisen. Das macht das Ganze so schwierig und letztlich bleibt es unsere Entscheidung, in Maßen zu genießen und sich keine Verbote zu setzen. Unser Gehirn ist nämlich ziemlich penetrant, wenn es sich etwas in den Kopf gesetzt hat, und Vernunft wird auf ganzer Linie ignoriert, wenn die Gedanken zum Beispiel bei einer Currywurst mit Pommes hängen.

Lesungen

Die Woche der herbstlichen Krimi-Lesungen liegt hinter mir. Die erste fand bei meiner Weinhändlerin statt, begleitet von einem Vier-Gänge-Menü, passenden Weinen und den wunderbaren Geschichten des Autors. Da kam mir prompt der Gedanke, dass man vor seinem Ableben unbedingt nochmal gut Speisen sollte. Glücklicherweise habe ich diese Henkersmahlzeit überlebt und mich die restliche Woche an die Regeln gehalten. Ok, an fast alle.

Die nächste Lesung war das Sachbuch eines Psychologen. Leider konnte man keine Verbindung des Titels zum Inhalt herstellen und es blieb eine unzufriedene trockene Atmosphäre. Nach der Veranstaltung musste ich mit meiner Freundin bei einer Flasche Wein über die Message des Buches reflektieren. Bin immer noch dabei.

Die dritte Lesung, in einem einfachen, aber gemütlichen Rahmen, fand in meinem Stadtteil statt und hat mir am besten gefallen. Ein gut geschriebener regionaler Krimi mit einem sympathischen Autor aus der Heimat. Im Anschluss an die Lesung gab es eine leckere Kürbissuppe und gute Gespräche. Bei der Frage, ob ich aus meinem Trauertagebuch lesen würde, kam mir in den Sinn, dies klassisch bei Kaffee, Streuselkuchen und Rosinenbrötchen zu tun. Wer möchte schon meine traurige Geschichte bei einem Vier-Gänge-Menü hören? Absurd! Gut, bei einer Flasche Wein würde es wohl gehen, aber dann nur mit einem Gläschen für die Autorin.

So komme ich doch zu dem Schluss, dass wir in jeder Situation von unseren Emotionen, Erinnerungen Fantasien und auch Instinkten geleitet werden. Ich bin davon überzeugt, dass unsere Vorfahren in grauer Vorzeit bereits Krimis und Lach- und Sachgeschichten am Lagerfeuer erzählt haben. Dabei wurde gegessen und getrunken und damals gab es noch keine Gewichtprobleme, die heute schon eine eigene Geschichte darstellen. Das bringt mich wiederrum auf die Idee: Sollte ich eine Lesung aus diesem Buch planen, dann an einem Lagerfeuer. Back to the roots! Ohne Kohlenhydrate und Zucker, aber dafür mit vergorenem Saft gelesener Trauben.

Gute Vorsätze

Seit geraumer Zeit mache ich mir Gedanken, wieder ehrenamtlich aktiv zu werden. Fast fünf Jahre war ich jetzt abstinent. An alte Dinge und Themen wieder anzuknüpfen ist sehr schwierig, deshalb habe ich mir ein neues Projekt überlegt. Es muss zu meinem neuen Leben passen und soll auch noch Freude machen. Nein, es ist kein Überraschungsei. Ich werde eine Abnehmgruppe ins Leben rufen, und zwar als soziales Projekt bei mir im Stadtteil. Hier fühle ich mich sicher und respektiert in meiner Situation als Wiedereinsteigerin. Allerdings werde ich nicht nur die Moderation und das Management übernehmen, sondern auch selbst leitendes und leidendes Mitglied sein. Hilfreich anderen Menschen zur Seite zu stehen heißt und bedeutet auch, ihre Situation zu verstehen. Hilfe zur Selbsthilfe und für alle Beteiligten eine Win-Win-Situation. Ich hoffe inständig, dass das Projekt auch planmäßig im neuen Jahr starten und ich etwas Sinnvolles damit bewirken kann.

Es geht auf Weihnachten zu und das ist schlechthin die Krisenzeit für Genießer mit Übergewicht. Und der Katzenjammer ist meist groß, wenn das neue Jahr beginnt. Diäten müssen her und wir alle kennen das zu genüge mit den guten Vorsätzen jeglicher Art. Schnell scheitern sie und man fühlt sich mieser, dicker und depressiver. Der Jo-Jo-Effekt ist meist vorprogrammiert. Versagen auf ganzer Linie und alles nur, weil wir Probleme haben den kulinarischen Verlockungen zu widerstehen. Feste, Familienfeiern, Einladungen und Weihnachtsmärkte häufen sich bis Neujahr und sind eine regelrechte Herausforderung. Wir verbinden den Genuss der Leckereien mit positiven Erinnerungen, Erlebnissen und glücklichen Momenten aus unserer Kindheit. Die Vernunft ist nicht so gerne gesehen und wenn es ums Genießen geht, ist sie eher schwerfällig im Handeln. Im wahrsten Sinne des Wortes. An allen Ecken lauern die Verführer in Form von Delikatessen aller Art und nach jedem Gusto. Bei mir ist die alte Spielverderberin Vernunft allerdings mittlerweile sehr präsent, sobald ich an Essen denke und mich mit meinem Gewicht auseinandersetze.

Meine guten Vorsätze sind durch das neue Projekt erst mal „safe", schließlich möchte ich ein gutes Beispiel für meine Gruppe sein. Meine heutige Herausforderung ist allerdings ein geplantes Essen für meine Freundinnen, die von mir spanische Tapas serviert bekommen. Ich habe gelernt, diese ohne Kohlenhydrate zu verspeisen. Man gewöhnt sich tatsächlich daran und man ist schon dankbar, dass man überhaupt was essen darf. Zumindest hoffe ich, dass meine guten Vorsätze den Abend überstehen.

Advent

Früher habe ich im Advent ungefähr acht bis zehn Sorten Weihnachtsplätzchen gebacken und in schönen bunten Keksdosen auf dem Küchenschrank aufbewahrt. Allerdings nicht lange, denn Waldemar liebte meine Weihnachtsplätzchen und ich hörte ihn ständig an den Dosen herumklappern und naschen. Seit zwei Jahren habe ich keinen einzigen Keks gebacken, weil ich eigentlich keine „süße" Frau bin. Ich mag lieber Herzhaftes und Deftiges. Man ist, was man isst, heißt es im Volksmund.

Vergangene Woche habe ich für mein Projekt Plätzchen gebacken, natürlich in Low Carb Versionen und als Motivation für meine Abnehmgruppe, gute Alternativen zu den herkömmlichen Rezepten zu finden und auszuprobieren. Die Teilnehmer und auch ich waren sehr überrascht über den guten Geschmack des Weihnachtsgebäcks. Irgendwie hatte jeder Angst, dass die Lebkuchen, Vanillekipferl und Kokosmakronen scheußlich schmecken könnten. Jedenfalls waren sie megalecker und ich werde deshalb keine für mich backen, denn die Menge macht's und ich neige zurzeit zu einer adventlichen Schwäche. Das scheint die Nachfolgerin des November-Blues zu sein. Mal schauen, was mich nächsten Monat erwartet? Jedenfalls will mein Körper plötzlich Süßes und ich kämpfe immer noch mit meinen drei Pfund Übergewicht seit unserer Flusskreuzfahrt. Zumindest halte ich die Zunahme, aber das macht es auch nicht besser. Advent und Disziplin passen einfach nicht zusammen. Kein Match!

Advent heißt übersetzt: ankommen. Aber wie es aussieht bis Weihnachten mit Übergepäck. Die nötige Disziplin erfordert Kraft und Stärke und schwächelt auf allen erdenklichen Ebenen. Ein Beispiel ist ein plötzlicher Heißhunger-Anfall auf Nougat? Hallo? Nougat ist so was von verboten, direkt schon unanständig! Seit 2016 habe ich keine Schokolade mehr gegessen und dann nach drei Jahren ein Rückfall! Zum Glück hatte ich keinen Nougat zuhause, ansonsten hätte ich erbarmungslos zugeschlagen. Gut – es bleibt eine Fantasie, suggeriert durch dieses Bling-Bling-Advents-Ambiente. Dazu kommt noch meine Vorliebe für Marzipan, das in Kombination mit Nougat ganz besonders lecker schmeckt. Ich habe den Geschmack direkt auf der Zunge, nussig und zartschmelzend und die weiche Konsistenz des Marzipans –himmlisch und nostalgisch zugleich. Ein Relikt aus meiner Vergangenheit.

Eigentlich müsste ich mich schämen für diese schmutzigen Fantasien und ich versuche, mich abzulenken, indem ich vier Wochen weiterdenke, wenn alle im Kollektiv jammern, sich fett und vollgefressen fühlen. Die meisten Menschen füttern hemmungslos und ich bekenne mich auch schuldig in meinem früheren Leben. Doch jetzt habe ich schon ein schlechtes Gewissen, wenn ich nur an verbotene Sachen denke. Zumindest hoffe ich, standhaft zu bleiben und mit Würde meine drei Pfund Übergewicht zu halten. Diese heimelige Adventszeit kommt so unschuldig daher und ist doch eine der größten Verführerinnen, die uns mit ihren bunten Lichtlein das Hirn verblendet.

Eine Strategie muss her. Und es ist schon fast masochistisch, an frische Salate etc. zu denken und sich auf eine besinnliche, vernünftige Zeit zu konzentrieren. Nougat macht keinen Sinn, genauso wie Schmalzbrote oder Glühwein.

Anlässe

Zum zweiten Mal jährt sich Waldemars Todestag. Das war der Anlass, meine Familie zum Essen einzuladen und auf Waldemar und das Leben anzustoßen. Ein eigentlich trauriger Anlass, aber dieser Todestag gehört jetzt zu meinem Leben und ich bin dankbar, ihn nicht alleine verbringen zu müssen. Die Geschichten – unsere Geschichten – gemeinsam zu erzählen, halten die Erinnerung wach und helfen, trotz aller Traurigkeit Lachen und feiern zu können. Das ist die einzige Möglichkeit, mich dankbar zurückschauen zu lassen. Was mir die Zukunft bringt, weiß ich nicht, aber ich habe gelernt, dass es immer einen Anlass für aktuelle oder vergangene Geschehnisse gibt. Im besten Sinne gilt es, diese – natürlich dem Anlass entsprechend – zu begehen.

Besonders gefreut habe ich mich, dass kurz vor diesem Todestag ein sehr schöner Bericht über mein Buch in unserer Tageszeitung erschienen ist. Das war wiederum ein würdiger Anlass für eine Flasche Champagner. Ich liebe Champagner und früher haben wir uns zu unseren persönlichen Anlässen hin und wieder ein Gläschen gegönnt und in Gedanken proste ich Waldemar zu.

Es ist kurz vor Weihnachten und es bleibt eine Herausforderung für mich, vernünftig zu essen. Das Trinken klammere ich an dieser Stelle elegant aus. Merkwürdigerweise fällt es mir in diesem Jahr schwerer, diese Vorweihnachtszeit zu überstehen und selbst das Einkaufen wird zur Tortur. Ständig denke ich bei jedem mir sympathischen Lebensmittel, was ich alles damit anstellen könnte. Manchmal versuche ich, mir Light-Versionen zu kreieren, die gar nicht mal so übel sind, aber es fehlen eben die bösen Kohlenhydrate in Form von Kartoffeln, Brot, Pasta und Reis. Da ich früher meistens mein Brot selbstgebacken habe – insbesondere für die unterschiedlichen Anlässe – bleibt der Reflex, es immer noch zu tun. Das wäre allerdings zu verführerisch und allein die Vorstellung ist Folter. Allein das Wort „Brot" lässt mein Suchtzentrum im Gehirn aufleuchten. Jetzt backe ich mir ab und zu ein Eiweißbrot und bin mittlerweile ganz zufrieden damit. Trotzdem wird man wie ein trockener Alkoholiker, ein „trockener Fresser", oder vornehm ausgedrückt ein „Light Gourmet". Ich bin jedenfalls beides und es kommt wohl auf den Anlass und meine aktuelle Performance an.

Der nächste Anlass ist Weihnachten und damit High Level Terror für die Genusssinne. An Heiligabend werde ich meine Familie bewirten und es gibt zwei Versionen Essen. Damit es keine Rück-fälle gibt, muss von Anfang an geplant werden. Das heißt eine traditionelle Variante Kartoffelsalat und kleine Würstchen und die leichte Alternative in Form von gegrilltem Lachsfilet und Rote-Bete-Carpaccio. Zur Vorspeise eine leichte Thunfischcreme und zum Dessert einen spanischen Orangen-Mandel-Kuchen in der Low Carb Version. Allerdings dem Anlass entsprechend auch eine Flasche Champagner.

Aufgaben

Level 1: Die emotionale Ebene

Das neue Jahr ist gerade mal zwei Wochen alt und schon ist man mitten im neuen Jahrzehnt. Ich bin es jedenfalls. Es scheint, dass ein Zeitraffer hinein installiert wurde. Am 15. Januar wäre unser 38. Hochzeitstag und es ist bereits der dritte ohne Waldemar. Früher war er immer ein Tag der Freude und der Liebe. Die Liebe ist geblieben und deshalb habe ich beschlossen, nicht mehr so traurig darüber zu sein und den Tag gebührend zu begehen. Natürlich in einem angemessenen Rahmen, denn er hat ja schließlich nichts von seiner Wertigkeit verloren. Auch wenn Waldemar fehlt, werde ich in Gedanken an ihn mit einem Gläschen Sekt anstoßen.

Level 2: Äußerlichkeiten

Gleich in den ersten Tagen des neuen Jahres hagelte es Komplimente für mein Aussehen nach meinem bisherigen Gewichtsverlust von nun mehr 40 Kilogramm. Ich selbst komme mir allerdings immer noch übergewichtig vor mit meinen knapp 90 Kilogramm Kampfgewicht, obwohl ich körperlich ein großes „Mädchen" bin. Vielleicht wirke ich deshalb nicht mehr fett. Eigentlich fühle ich mich mit diesem Gewicht und der Kleidergröße L wohl und ich bin stets bemüht, das auch zu halten. Auch einen

Neujahrsbrunch habe ich gut überstanden und nur die erlaubte Tagesmenge Kohlenhydrate verspeist. Trotzdem alles Hüftgold extra, deshalb freue ich mich, wenn mein neues Abnehm-Projekt bald an den Start geht und ich selbst als Teilnehmerin davon profitiere. Man muss im Thema bleiben und Kontrolle tut Not bei den vielen Verlockungen im Leben. Es hagelt Einladungen zu Jahreshauptversammlungen und ich werde öfters angefragt, ob ich wieder Vorstandsposten übernehme. Ich weiß, wie schwer es heutzutage für Vereine ist, verantwortungsvolle Mitglieder für diverse Posten zu finden und es ehrt mich auch, dass man mich dabeihaben möchte. Nach vielen Überlegungen im vergangenen Jahr bin ich zu der Erkenntnis gelangt, neue Dinge anzugehen und Aufgaben zu übernehmen. Es ist sowieso nichts mehr so wie es vorher war, außerdem ist Mama zurzeit gesundheitlich sehr labil und pflegebedürftig, deshalb möchte ich ausreichend Zeit für sie haben.

Level 3: Erneuerung

Als ich neulich in meine 39 Jahre alte, sehr gute und gepflegte Küche geschaut habe, kam mir die Idee, sie heller zu gestalten. Eigentlich war es ursprünglich eine Designerküche. Über die Jahre haben wir alle Elektroteile in Edelstahl ausgetauscht und ein modernes Spülbecken sowie in eine Granit-arbeitsplatte erneuert. Hochtechnisch aufgerüstet und stylisch, aber definitiv zu dunkel. Kurzent-schlossen habe ich zwei alte Küchenholzfronten als Probeexemplare umlackiert. Das heißt: angelaugt, angeschliffen und zweimal lackiert. Weiß gefällt mir überhaupt nicht und ich habe mich für ein ganz helles grauweiß entschieden, weil die Holzmase-rung durchscheint und ein Shabby Chic oder Vin-tage Style entsteht. Gesagt, getan. Alle Fronten ab-geschraubt, Lack besorgt und los ging es mit Erfolg und Misserfolg. Letzteres muss ich unter Lebenser-fahrung verbuchen und das Beste draus machen, aber zunächst muss eine neue Holzdecke mit LED-Strahlern eingezogen werden und die Wände brau-chen ebenfalls einen Anstrich. Das wird dann aber ein Fachmann erledigen und ich werde mit dem Streichen wohl bis zum Ende des Winters brauchen.

Level 4

Abschließend besteht die nächste Aufgabe darin, eine Kücheneinweihungsparty zu planen. Low Carb versteht sich. Wirkt in der hellen Küche auch gleich viel leichter.

Zwischen den Jahren

Es heißt, man nimmt zwischen Silvester und Weihnachten zu und nicht umgekehrt. Allerdings glaube ich, dass zwischen den Jahren ein Aufwärtstrend auf der Waage eindeutig erkennbar ist. Jedenfalls bei mir, zumal nach Weihnachten die Reste vertilgt und verarbeitet werden müssen. Immer die Angst, das Essen könnte nicht ausreichen, wider besseren Wissens und nach Silvester „the same procedure as every year" . Es fällt mir immer noch schwer, die übrig gebliebenen Lebensmittel einfach wegzuwerfen, nur weil sie nicht in meinen Ernährungsplan passen. Folglich lade ich mir wieder Gäste zum Resteessen ein. Never ending story. Es wird ein Gläschen Sekt geöffnet, um aufs neue Jahr anzustoßen oder ein Glühwein erhitzt und alle sitzen glücklich, satt und mit roten Wangen zusammen, um Pläne für die kommenden Ereignisse zu schmieden. Das ist auch gut so, denn wir brauchen Ziele und möglichst mit positiven Emotionen.

Auf alle Fälle saß meine Kleidung schon nach Weihnachten enger um Bauch und Hüfte und der Gang auf die Waage wird aus psychologischen Gründen bis nach Heilige Drei Könige verschoben. Möglichweise hilft diese geistliche Energie, das Ergebnis besser zu ertragen und dass vielleicht ein

Wunder geschehen könnte. Ich stamme aus einer abergläubischen Sippe und so haben sich Traditionen, Bräuche und eigene Mythen gehalten. Sicherlich hat dies alles mit den sogenannten Rauhnächten zu tun. Das sind zwölf Tage zwischen Weihnachten und Dreikönigstag. Unsere Vorfahren waren bis in die 50er Jahre stärker mit diesen Bräuchen vertraut. In dieser Zeit wurde keine Wäsche gewaschen und es dürfte keinesfalls in der Silvesternacht auf der Leine hängen. Ich halte das bis heute so. Träume werden wahrer genommen und als Botschaft für das neue Jahr interpretiert. Die Verbindung ins spirituelle Reich ist stärker und fühlbarer. Wir werden emotionaler, nicht nur vom höheren Alkoholkonsum, sondern wir denken an unsere Verstorbenen, die uns in dieser Zeit näher sind und besuchen sie auf dem Friedhof. Man schaut zurück aufs vergangene Jahr und resümiert. Ich selbst habe mir in diesem Jahr ein Album mit meinen Bildern erstellt und es war ein positiver Rückblick, trotz Höhen und Tiefen und einem Auf und Ab meines Gewichts. Ich habe gegessen, getrunken, gefeiert, getanzt, geweint und auch getrauert, aber ich habe gelebt! Für das neue Jahr habe ich mir vorgenommen, nicht zu jammern und mir nichts vorzunehmen. Es kommt sowieso, wie es kommt und wir haben keinerlei Einfluss darauf. Unsere Einstellung zum Leben, unsere Werte, Traditionen und Bräuche geben uns Halt, Kraft und Stärke, die wir benötigen – selbst beim Gang auf die heimische Waage. Es mag sein, dass dies alles überholt und spießig klingt in der heutigen Zeit. Seine Eltern besuchen und Familie, Freunde und Nachbarn treffen oder anrufen prägen diese Tage und auch uns, denn in jedem neuen Jahr freuen wir uns genau darauf. Das soziale Miteinander – nicht nur zwischen den Jahren – macht unser Leben so kostbar und es bedeutet für mich persönlich, meine alten Bräuche weiterhin zu pflegen und wertzuschätzen.

Zu Neujahr gibt es bei meiner Mutter traditionell ein deftiges Sauerkraut-Essen und das soll symbolisch Geld bescheren. Hat zwar noch nie geklappt, aber im übertragenen Sinne bedeutet es, versorgt zu sein. Und das sind wir glücklicherweise. Mittlerweile kocht meine Schwester das Sauerkraut und sie hält es wie meine Mutter: Es gibt zu viel. Und auch wenn ich seit vergangemem Jahr kein Kartoffelpüree mehr dazu esse, werde ich mich daran laben und hinterher auf der Couch liegen wie der böse Wolf im Märchen mit den eingenähten Steinen im Bauch. Prost Neujahr!

Neue Ordnung

Nach gut zweiwöchiger Küchen Renovierung ist fast wieder die gewohnte Ordnung eingekehrt. Dazu zähle ich auch die Zubereitung meiner kleinen Mahlzeiten, ob kalt oder warm. Diese zu planen und zu zelebrieren sind ein Teil meiner Essphilosophie und geben meinem Alltag eine gewisse Lebensqualität, die mir bisher in jeder Lebenslage geholfen hat, zu überleben.

In den vergangenen Jahren hat sich so viel Kram und Krempel in den Schränken und Schubladen angesammelt, dass alleine die Anzahl der Plastikaufbewahrungsutensilien darauf schließen ließe, dass ich ehrenamtliche Tupperware-Vertreterin wäre. Ich habe fast alles davon entsorgt und so vieles mehr, was nur noch einem Statistendasein in meiner Küche gefristet hat. Durch mein Faible für schönes Geschirr, Gläser und Accessoires gab es genug für einen eigenen Flohmarkt. Ich habe nur noch die nötigsten und wichtigsten Dinge aufgehoben. Zumindest herrscht jetzt wieder ein strukturiertes System. Praktisch, aber auch fürs Auge, *meine* Augen, die sehr schlecht sehen. Außerdem gibt es mir ein gutes Gefühl, mich von alten Sachen zu trennen, auch wenn ich wieder Kisten zum Wertstoffhof schleppen muss. Alles alleine erledigen zu müssen, ist schon ein harter Job. Planung, Ausführung, Aufräumen, Entsorgen und dabei noch unvernünftig essen.

Jedenfalls ist eine neue Ordnung hergestellt, die mit der Zeit eigentlich auch wieder veralten wird. Ich bin aber sehr zufrieden und fühle mich wohl, nur mein Kater Pauli war „not amused" während der Renovierung. Er braucht seinen geregelten Ablauf, genau wie ich, und wie es bei uns heißt: wie der Herr, so's Gescherr!

Erneuerung bedeutet Veränderung und das ist die eigentliche Herausforderung. Oftmals traut man sich deshalb auch nicht, etwas zu ändern. Renovieren und entrümpeln heißt gleichzeitig umstrukturieren und das beginnt im Kopf. Mir kann man das ansehen und Waldemar hasste diesen gewissen Blick an mir. Er wollte keine Veränderung und war seiner Meinung nach zufrieden, wie es war – aber hinterher irgendwie zufriedener mit den Erneuerungen. Könnte er meine Küche sehen, wäre er sehr stolz auf mich und ich musste oft schmunzeln, wenn ich während der Renovierung sein Gesicht vor mir sah.

Sobald das neue Ordnungssystem als Update auf meiner Festplatte im Kopf installiert ist, geht es in die nächste Phase. Es sind schon die ersten Besichtigungsanfragen eingegangen, aber vorerst genieße ich meine neue, alte Küche. Insbesondere meine geregelten, feinen und leichten Mahlzeiten, denn zwischenzeitlich hatte sich so ein Handwerker-Syndrom eingeschlichen. In Form von Mettbrötchen, Pizza, Flaschenbier. Zum Glück bin ich wieder clean – bis auf meinen gelegentlichen Feierabend-Schoppen.

Achtsamkeit

Meine Mutter war wieder einmal wegen ihrer Diabetes in der Klinik, wie so oft in den vergangenen Jahren. Viele von uns kennen das, wenn die Eltern alt werden und betreut werden müssen. Wir begleiten sie auf diesem Lebensweg, der auch vor uns liegen wird. Früher oder später mit allen Facetten eines Menschenlebens innerhalb einer Familie. Wir sind noch sehr traditionell und konservativ im Umgang mit unseren Eltern und Großeltern großgeworden und sind dadurch geprägt. Die Organisation rund um die Betreuung und Pflege eines Angehörigen ist in der heutigen Zeit ein Kraftakt. Wir versuchen das noch gemeinsam zu lösen, aber wie sieht es in der Zukunft aus? Unsere geburtenstarken Jahrgänge sind die nächste Senioren-Generation, aber wie soll das gesellschaftlich funktionieren? Es wird keiner Zeit für uns haben oder es wird niemanden geben, der sich kümmern kann. Deshalb müssen wir lernen, möglichst lange selbstständig und unabhängig zu bleiben und uns eigene Strukturen zu schaffen. Unser Sozialsystem wird irgendwann zusammenbrechen bei der Zahl der weiter zunehmenden Pflegefälle. Familien werden es nicht mehr leisten können, auch wenn wir trotz guter Vorsorge krank werden und Hilfe und Unterstützung benötigen. Wir haben aber in der Hand, es zu versuchen, einigermaßen gesund zu leben.

In erster Linie vernünftig zu essen, maßvoll Alkohol zu trinken und uns ausreichend zu bewegen, soweit letzteres noch möglich ist. Hört sich jetzt noch einfach an, aber wir sind die nächsten Alten und es wird Zeit, sich Gedanken darüber zu machen, ohne gleichzeitig depressiv zu werden.

Ich höre mich gerade an wie das Wort zum Sonntag, aber der Arzt meiner Mutter in der Klinik hat mir gesagt, dass in jedem Krankenzimmer ein Patient liegt, weil er ernährungsbedingt krank ist. Ich hatte selbst die Notbremse gezogen, als mich der Weckruf erreichte: Vorstufe einer Diabetes. Meine Gewichtsprobleme und mein falsches Essverhalten waren die Ursache, dazu kommt eine genetische Disposition. Das Schicksal einer fortgeschrittenen Diabetes ständig vor Augen, das war für mich die Initialzündung, meine Lebensweise zu ändern. Gut, ich hätte Medikamente nehmen können und dem guten Leben weiter frönen, doch dadurch wurde die Prognose auch nicht besser. Ich hatte mich rigoros entschieden, durch eine Ernährungsumstellung der drohenden Gefahr zu entkommen, aber auch immer mit der Gewissheit, dass ich dabei bleiben muss. Natürlich können uns auch andere schwere Krankheiten heimsuchen, doch zumindest galt es für mich, diesem Schicksal zu entgehen. Zumindest gibt es mir ein gutes Gewissen, mich nicht ständig schuldig zu fühlen und den vorwurfsvollen Blick der Ärzte zu ertragen, die dann in ihren Arztbriefen mit „adipöse Patientin" beginnen. Das ist sehr erniedrigend, aber leider die Realität. Ja, es ist unser eigenes Versagen, aus welchen Gründen auch immer. Diabetes Typ II zählt zu den Wohlstandserkrankungen unserer Gesellschaft und wir ignorieren es, wie so vieles andere auch.

Doch zurück zum Ende des Lebens. Der Genuss und die Freude am Essen und Trinken geht irgendwann von alleine verloren. Ich glaube, wir als zukünftige Seniorinnen und Senioren müssen lernen, rechtzeitig die richtige Entscheidung zu treffen und unsere eigene Lebensphilosophie zu entwickeln. Ein unbedingtes „Ja!" zum Essen und Trinken und den restlichen Freuden des Lebens mit Maß und Ziel. Die Pflege des sozialen Miteinanders, solange es jedem Einzeln möglich ist. Dass irgendwann Schluss ist, wissen wir, doch bis dahin bleiben wir achtsam.

Single Börse

Neulich habe ich aus Versehen eine Einladung im Internet angenommen und ruckzuck war ich auf einer Single-Plattform. So schnell kann es gehen und es hat eine Weile gedauert, bis ich es überhaupt gecheckt habe. Sie nennen sich nette Leute, doch beim Lesen einiger Kommentare habe ich gemerkt, wie naiv ich eigentlich unterwegs bin. Alles Erwachsene mit spätpubertärem Verhalten, die sich wie Bonobo-Affen im Zoo präsentieren. Mein erster Reflex war, mich umgehend von den „netten Leuten" zu verabschieden, doch ehrlich gesagt bin ich neugierig geworden. Natürlich nur zu Studienzwecken, denn wenn man genauer hinschaut ist es wie im richtigen Leben. Auch hier gibt es tatsächlich nette, höfliche und respektvolle Leute. Ich glaube immer noch daran, dass sich Menschen auf gleichem Level finden, ob in der Realität oder auch in dieser Scheinwelt. Um mal einen Gegenpunkt zu den dort üblichen Begrüßungsfotos und entsprechenden Texten zu setzen, habe ich provokativ ein Bild meines Kaffeevollautomaten eingestellt. Mit dem Hinweis im Display, dass er gerne entkalkt werden möchte, ständig mit mir kommuniziert und auch Laut gibt. Entweder will er Wasser, Bohnen, entkalkt oder gereinigt werden, oder der Satzbehälter ist voll. Das ist meist schon der erste Aufreger am Morgen und ausreichend, meinen Blutdruck ohne Koffein ansteigen zu lassen. Doch das ist alles Jammern auf hohem Niveau, denn der Kaffee ist köstlich und ich liebe diese Maschine mit all ihren Macken. Allerdings fand ich diese Situation – etwas ganz Alltägliches aus einem Single-Leben –einfach und banal, aber effektiv und amüsant, wie es sich im Nachhinein herausgestellt hat.

Entertainment im Haushalt: meine Gespräche mit dem Kater. Eigentlich eher Monologe, obwohl Pauli zurückschnurrt oder maunzt. Letztendlich gekrönt und überwacht von Alexa und Konsorten. Nein, ich bin nicht wirklich allein. Doch zurück zur Single-Börse, denn es gab tatsächlich nette Kommentare zu meinem Post. Ich werde die „netten Leute" unter Beobachtung halten und weiterhin mit meinen Banalitäten herausfordern. Das Leben ist schließlich kein Ponyhof oder eine rosarote Wolke. Man malt nicht ständig Herzchen und diniert im romantischen Kerzenschein oder trinkt ein Fläschchen Champagner und hat hemmungslosen Sex. Ja, leider bin ich total unromantisch und trotzdem habe ich gelernt, mein Leben zu genießen. Jeden einzelnen Tag wertzuschätzen, mit Sekt oder Selters, auch wenn es zu zweit mehr Freude machen würde. Morgen ist auch noch Valentinstag und die

Medien und Werbung drehen durch mit ihren herzigen Angeboten. Es gilt, das ganze Jahr die Liebe zu pflegen und auch als Single zufrieden und dankbar zu sein. Das reicht schon der Genuss einer wunderbaren Tasse Kaffee. Sich an den kleinen Dinge zu erfreuen und das Beste aus seinem Leben zu machen. Das, was uns über die Medien und über diverse Plattformen vorgegaukelt wird, ist das Spiegelbild einer Gesellschaft, die ihre Werte verloren hat. Ich bin froh, dass ich weiß, was ich habe. Vor allen was ich hatte und was ich brauche, was notwendig ist. Ohne großes Brimborium drum herum. Wie es aussieht, werden mich die „netten Leute" bestimmt bald blockieren und rauswerfen, weil ich nicht der üblichen Single-Mentalität entspreche. So schnell gebe ich allerdings nicht auf, denn auch ich brauche einschlägige Erfahrungen, um mitreden zu können. Witwen sind ja schließlich keine Außerirdischen.

Altern

Mein Mittagsschläfchen endete abrupt durch das Hören eines tiefen Grunzens. Das ist der geräuschvolle Moment, wenn man realisiert, dass man selbst der Verursacher ist. Pauli, der auf meinem Schoß lag, war nicht im Geringsten darüber erschrocken. Eine schreckliche Erkenntnis und fast schon Tierquälerei. Eigentlich dachte ich, dass ich nicht mehr so stark schnarchen würde, wie vor meinem Gewichtsverlust, außer wenn ich zu viel Alkohol getrunken habe. Trotzdem bleibt es unelegant und nicht gerade sexy.

Das Älterwerden hat echt nichts Schönes und keiner bleibt davon verschont. Die sich langsam einschleichenden Alterungsprozesse sind unaufhaltsam und jeden Tag präsenter, ob es das Schnarchen ist, Krampfadern, Doppelkinn und Hängebäckchen, dünne Haare, oder Haare im Gesicht, Halux valgus und nicht zu vergessen die Cellulite und die lieben Fältchen. Never ending story, aber gekrönt von der Müdigkeit und Bequemlichkeit in unseren häuslichen Komfortzonen. Es heißt nicht umsonst, dass 21 Uhr das neue Mitternacht unserer Generation ist. Jeder versucht auf seine Weise, dagegen anzukämpfen und es gibt gute und schlechte Tage. An den guten ist man gewillt, mit Würde alt zu werden und an den schlechten fällt man in Depressionen, wenn man ein neues Altersmerkmal an sich entdeckt. Dafür wächst das Depot der Nahrungsergänzungsmittel stetig und die Faltencreme wird immer teurer. Die nehmen wohl Alterszuschläge und suggerieren uns ewige Schönheit. Gut, der Versuch ist es wert, aber es bleibt eine Selbsttäuschung und hoffentlich mit Placebo Effekt.

Dazu kommt natürlich noch unsere geistige Haltung, ob wir hadern oder mit Humor altern. Letzteres hilft ungemein, eine positive Lebenseinstellung mit Gelassenheit zu pflegen. Allerdings nicht dabei zu übertreiben, denn das hat uns die Alt 68er Generation schon voraus. Immer noch unverkennbare Hippies.

Ich predige ja gerne Wasser, trinke aber lieber Wein, obwohl viel Wasser trinken tatsächlich hilfreicher ist. Maßvoll Essen und Trinken, aber bitte genießen. Es heißt ja schließlich, dass Essen und Trinken der Sex des Alters sind. Wer geht eigentlich davon aus, dass man im Alter keinen Sex mehr hat und wann ist man denn alt? Es wird doch immer darüber gewitzelt und gelacht. Auch ich lache gerne über die Anekdötchen, die aber oft der Wahrheit entsprechen. Besonders jetzt in der Faschingszeit sehr dankbare Themen für die eine oder andere

Büttenrede. Wenn ich so darüber nachdenke, mich als Prinzessin oder Funkenmariechen zu verkleiden, würde doch jeder mit dem Kopf schütteln. Obwohl mit meinem liebreizenden Wesen oder mit meinen strammen Beinen ... Genau deshalb heißt es ja auch Narren: Wir narren uns selbst und trotzdem würde man mir heute eher das Kostüm einer Hexe oder Wahrsagerin abnehmen. Den Rest muss man sich schön trinken und früher hat man, ohne zu überlegen, einfach mitgetrunken. Auch damals gab es ein Morgen, aber heute überlegt man sich vorher, was man trinkt und wie viel. Das ist das erste Symptom und ein eindeutiges Zeichen für den nahenden Alterungsprozess. Genau genommen ist es positiv zu werten, denn lebenslanges Lernen bedeutet auch, das Gelernte anzuwenden. Ich hoffe inständig, dass alle meine Sinne während des fortschreitenden Alterungsprozesses beisammenbleiben und ich mein Leben, trotz aller äußerlich erkennbaren Zeichen, mit allen Facetten genießen kann. Doch zunächst achte ich doch noch darauf, nicht irgendwo im Sitzen einzuschlafen, möglicherweise mit offenem Mund, und wie eine Schnappschildkröte zu erwachen.

Einkaufen

Fasching ist vorbei und es gibt nur noch ein Thema in den Medien: Fasten! Früher verzichtete man in der Fastenzeit hauptsächlich auf den Konsum von Fleisch. Heute steht Fasten für alle mögliche Arten des Verzichts, wie zum Beispiel auf Süßigkeiten oder Alkohol. Sehr oft wird jetzt Handy oder Plastik gefastet. Das ist wirklich eine Herausforderung in einer von Kunststoffen geprägten Welt. Ich persönlich werde weiterhin auf Zucker verzichten, auch das hört sich einfacher an, als es ist. Zucker ist in sehr vielen Lebensmitteln enthalten und bedeutet eine regelrechte Diätfalle. In das Thema „versteckter Zucker" muss man sich erstmal reinlesen und es dann sacken lassen, wenn man es realisiert hat. Wie geht man damit um?

Es beginnt beim Einkaufen und damit, dass man dafür mehr Zeit einplanen sollte, weil man stundenlang die Verpackungsetiketten mit den Inhaltsangaben studieren muss. Auch eine Herausforderung, wenn man gewöhnt ist, den Einkauf so nebenbei zu erledigen. Sobald man sich aber entschlossen hat, die Ernährung umzustellen, oder auf gewisse Lebensmittel verzichten möchte, benötigt man ein breiteres Zeitfenster für den Einkauf.

Hier benötigt man entweder sehr gute Augen oder eine Lupe, um die Texte auf den Verpackungen überhaupt lesen zu können. Normalerweise sollten Lupen in den Regalen hängen, damit man nicht Nackenverspannungen und Kopfschmerzen vom verkrampften Lesen bekommt. Hat übrigens nichts mit dem Alter zu tun. Früher habe ich alles in den Einkaufwagen gelegt, ohne weiter nachzudenken. Hauptsache ich hatte alles und natürlich war das einfacher und weniger zeitintensiv.

Die Lebensmittelindustrie hat uns mit ihrer gezielten Werbung sehr gut im Griff und suggeriert uns Frische und Qualität. Wir lassen uns von der Optik verführen, obwohl wir wissen, dass ein kompletter Chemiebaukasten zur Konservierung auf der Verpackung klebt. Selbst ich tappe in die schamlose Falle, wenn im Supermarkt Musikberieselung zum Kauf animieren soll. Dann erwische ich mich mitsingend und im Takt meinen Einkaufswagen schiebend.

Früher habe ich mir meinen Einkaufszettel sogar in der Reihenfolge geschrieben, wie ich durch den Supermarkt gehe. Das habe ich mir in den vergangenen Jahren abgewöhnt, weil ich bewusst einkaufen möchte. Dieses Durchrennen und Werfen ist endgültig vorbei. Ich möchte meinen Einkauf genießen, weil ich mir damit etwas Gutes tun möchte. Seit ich die Etiketten genauer studiere, ist es fast schon eine Entdeckungstour und ich freue mich jedes Mal, wenn ich was „Gutes" gefunden habe. Was ist gut? Das steht zum einen für die Wertigkeit, die es für mich persönlich hat, aber es muss nicht teuer sein. Vergleichen lohnt sich, auch in den verschiedenen Märkten. Ich gebe zum Beispiel den Teilnehmern meiner Abnehmgruppe Tipps oder stelle bei unseren Treffen Lebensmittel vor. Mittlerweile posten sie ihre unterschiedlichsten Einkäufe, wie Piraten, die reiche Beute gemacht haben. Genau genommen sind es auch Schätze, denn Essen und Trinken sind keine Selbstverständlichkeit in einer von Plastik verseuchten Welt, in der viele Menschen kein Trinkwasser, geschweige denn ausreichend Nahrung haben. Wir haben das Luxusproblem, was wir einkaufen und was wir essen wollen, deshalb finde ich es wichtig, darüber nachzudenken und unser Konsumverhalten insgesamt anzupassen. Vernünftig und nachhaltig! Trotz einer gewissen Demut genieße ich die Privilegien und habe deshalb meine Einkaufsphilosophie langfristig modifiziert.

Weltfrauentag

Leider fällt in diesem Jahr die Buchmesse aus – Corona Virus! Gerne hätte ich mein Büchlein vorgestellt, aber wen interessiert schon eine völlig unbekannte Autorin, die sich keine große Werbekampagne leisten kann und keinen starken Verleger hat. Das ist eben das Risiko, aber mir war das eigentlich egal. Es ist meine Geschichte, die Geschichte einer Frau, mitten aus dem Leben. Leider auch nur ein weiteres Frauenschicksal auf dieser Welt.

Die Veröffentlichung meines Trauertagebuches war aber trotzdem der Anlass für eine Feierstunde im Kreis der Familie und engen Freunden. Es wurde eine feuchtfröhliche Gartenparty, auf der auch ein paar Tränchen flossen. Auf unserem alten Tapeziertisch wurde das Buffet aufgebaut und da kam die Idee auf, diesen Tisch zur Präsentation des Buches zu nutzen. Passend zu meinem Image als einfache Witwe. Meine Freundin wurde im Laufe des Abends zu meiner Managerin gekürt, die mich samt Tapeziertisch auf die Buchmesse begleiten sollte. Der Running Gag des Abends.

Nachdem alle weg waren, wollte ich den Tapeziertisch zusammenbauen. Das war keine gute Idee, denn ich stand vollkommen überfordert und beschwipst vor einem unlösbaren Rätsel. Nach allen für mich, in dieser Verfassung, möglichen Versuchen, das Teil ordnungsgemäß zusammenzulegen, habe ich resigniert und frustriert das unvollendete Schlachtfeld verlassen. Am nächsten Tag wollte ich mein Werk mit frischem Mut und vor allem nüchtern vollenden. Der Anblick des Tisches war mitleiderregend. Alles war in sich verkeilt und war eigentlich fast schon ein Kunstwerk für die documenta. Jedenfalls mit Sicherheit erfolgreicher, als mein Buch damit vorzustellen. „Träum weiter", dachte ich mir und Waldemar hätte bestimmt auch noch einen Kommentar draufgesetzt. Zum Glück hat sich mein Schwager des bemitleidenswerten Tisches angenommen und ihn fachgerecht zusammengelegt. Meine Schwester gab zu, dass der Aufbau des Tisches bereits nüchtern eine Herausforderung war.

Bisher habe ich mich ganz gut geschlagen und da heute Weltfrauentag ist, habe ich mir ernsthaft Gedanken darüber gemacht. Natürlich habe ich mich politisch damit auseinandergesetzt, aber nach Waldemars Tod ist alles anders. Es hat alles eine andere Wertigkeit und Bedeutung und genau genommen ist jeder Tag ein Weltfrauentag. Wir leisten immer noch sehr viel mehr als die meisten Männer. Nicht nur jetzt als alleinstehende Witwe, nein, ich hatte immer schon eine hohe Schlagzahl. Es wiegt

jetzt nur anders, ohne die gewohnte Rollenvertei-
lung. Alleinunterhalterin auf allen Bühnen des Lebens. Allerdings nur soweit meine Fähigkeiten ausreichen – siehe Tapeziertisch. Der steht jetzt übrigens in einer Ecke im Keller und guckt mich immer
ganz vorwurfsvoll an, wenn daran vorbeigehe.
Vielleicht sollten wir uns beide nochmal eine
Chance geben. Allerdings brauche ich noch etwas
Zeit, um dieses Trauma zu überwinden.

An der Vermarktung meines Buches arbeite ich
noch und die Buchmesse war eben noch nicht bereit
für mich. So schnell gebe ich die Hoffnung doch
nicht auf, denn meine Geschichte ist eine Frauenge-
schichte, die auf der ganzen Welt verstanden wird.
Zurzeit ist die Welt allerdings damit beschäftigt,
sich mit Nudeln und Klopapier einzudecken.

Isolation

Seit einer Woche haben wir alle Hausarrest. Genauer gesagt gilt es, sich von anderen Menschen zu distanzieren, weil das Corona-Virus die Welt infiziert. Das Gebot der Stunde heißt Isolation, um zu überleben. Eine noch nie da gewesene Erkrankung hält die Welt in Atem und rund um den Globus sterben Menschen daran. Zuhause bleiben ist vorerst die einzige Chance, sich nicht zu infizieren und dass unser Gesundheitssystem nicht zusammenbricht. Mittlerweile ist auch unsere Wirtschaftslage massiv bedroht und selbst Fachleute und Politiker stehen vor einer schier unlösbaren Sachlage. Das Virus wird die Welt verändern, es wird uns verändern und nichts wird mehr sein, wie es vorher war.

Zurzeit sind nur die notwendigsten Erledigungen erlaubt, wie Lebensmitteleinkauf oder mit dem Hund Gassi gehen. Das soziale Leben steht still, bis auf die sozialen Medien. Hier überschlagen sich stündlich die Nachrichten und eine tiefe Beklommenheit und Angst machen sich allmählich breit, obwohl wir hier in Deutschland erst am Anfang der Infektionswelle stehen. In Italien sterben zurzeit täglich 800 Menschen an Corona und die Berichte und Bilder im Fernsehen vermitteln eine Endzeitstimmung auf der Erde. Allerdings nimmt man wahr, dass die Natur gerade eine Atempause nimmt.

Hygiene, Geduld, Disziplin, Stärke und Hoffnung sind die obersten Tugenden, um durch diese Krise zu kommen. Allerdings erschreckend ist das asoziale Verhalten einiger Egomanen, die durch Hamsterkäufe eine nie da gewesene Panik und Hysterie in der Gesellschaft verbreiten. Dazu kommt noch die Unvernunft einiger Ignoranten, die das Ausgangsverbot missachten.

Normalerweise habe ich immer ausreichend Lebensmittel zuhause, aber eben doch nicht alles, um vier Wochen zu überstehen. Noch wird uns suggeriert, dass wir keinen Grund zur Sorge haben, aber es bereitet mir Sorgen und auch Angst.

In meiner sozialen Isolation spielt mir meine Psyche wieder mal Streiche. Sie suggeriert mir Appetit auf verbotenes Essen. Als wenn nicht schon alles schwer genug wäre, habe ich auch in den ersten Tagen des Schicke zu viel Wein getrunken. Danach kam die Lust auf Kuchen und ich habe mir einen Low Carb Kuchen gebacken. Heute ist es die Lust auf Brot.

Eine echte Herausforderung, sich in Anbetracht der allgemeinen Situation ständig disziplinieren zu müssen. Dann denke ich mir zwischendurch, so-lange es mir schmeckt und ich Appetit habe, bin ich gesund. Liebe Psyche, ich möchte doch nicht mehr zunehmen! Ich glaube aber, dass es die pure Lange-weile mit mir selbst ist und deshalb werde ich ab morgen meine Zeit neu strukturieren. Zunächst werde ich mir den Stepper auf die Terrasse stellen, damit ich mich an der frischen Luft bewegen kann, denn nur Hausarbeit und ein bisschen Gartenarbeit reichen definitiv nicht aus. Natürlich hätte man jetzt die Gelegenheit, den Keller oder die Garage aufzuräumen und den Papierkram zu ordnen. Ich brauche noch ein paar Tage, um mich zurecht zu finden, wie es scheint, und bin froh, dass ich meinen Kater habe und doch nicht ganz verlassen bin. Trotz alledem: Corona macht einsam!

Corona

Eigentlich hört sich das Wort Corona gar nicht mal so negativ an, aber nein, es ist das Unwort des Jahres schlechthin. Corona ist ein fieses und aggressives Virus, das die Welt mit all seiner Scheußlichkeit im Griff hat. Wir müssen uns von anderen Menschen isolieren, um uns und andere nicht anzustecken und zu schützen. Der Kontakt mit Personen ist untersagt und man muss zwei Meter Abstand halten. Mittlerweile wird das Tragen von einem Mundschutz empfohlen. Ich habe mir bereits einfache aus altem Leinenstoff genäht, da es keine mehr zu kaufen gibt. Dasselbe gilt für das Tragen von Einweg-Handschuhen und das Benutzen von Desinfektionsmitteln. Das sind die erforderlichen Maßnahmen, um einkaufen zu gehen, was allerdings zurzeit eine Tortur ist. Ich bin seit drei Wochen zuhause und war in dieser Zeit zweimal einkaufen und das war mehr als traumatisierend für mich. Leider gibt es immer noch unvernünftige Menschen, die sich nicht an die Vorschriften halten und sich und andere gefährden. Nicht zu vergessen, deren extreme Hamstereinkäufe.

Manche Menschen denken sogar, sie hätten eine Art unbezahlten Urlaub und machen Ausflüge trotz der hohen Ansteckungsgefahr. Einfach unfassbar! Andere feiern Corona-Partys. Zum Glück werden aktuell Bußgelder verhängt für die Unverbesserlichen, die sich nicht am die Regeln halten. Insbesondere alte und kranke Menschen gelten als Risikopatienten mit einer erhöhten Sterblichkeitsrate. Deshalb gibt es keinen Kontakt zu Eltern und Großeltern. Wenn zurzeit jemand im Krankenhaus liegt oder verstirbt, dürfen keine Angehörigen bei dem Erkrankten sein. Beerdigungen und Beisetzungen nur im engsten Kreis der Familie. Werdende Väter dürfen nicht in den Kreißsaal. Geplante Operationen müssen verschoben werden.

Das öffentliche Leben ruht komplett. Außer Lebensmittel kann man nichts kaufen, alles ist geschlossen und viele arbeiten von zuhause aus, wenn Homeoffice überhaupt möglich ist. Andere machen Kurzarbeit und unsere Wirtschaft liegt am Boden. Zunehmende Existenzängste und die Gefahr, an dem Virus zu erkranken oder dass jemand im Umfeld daran verstirbt. Die Bilder der vielen Toten in Italien und Spanien lasten auf unseren Seelen, aber unterstreichen die Notwendigkeit des Ausgangsverbotes. Alles gerät in Schieflage und nichts wird mehr sein, wie es vorher war.

In der ersten Woche habe ich meine Frühjahrs-Gartenarbeiten erledigt, die zweite Woche war dann schon deprimierender und ich habe zu viel getrunken und gegessen. Genauso wie alle anderen, die ich kenne, denn plötzlich wird gekocht und gebacken wie nie zuvor. Allerdings gibt es mittlerweile kein Mehl, Hefe oder Backpulver mehr in den Supermärkten. Dank der Hamsterer auch immer noch kein Klopapier. Unbegreiflich.

Ohne die sozialen Medien wäre ich schon längst vereinsamt. Obwohl ich meinen Kater habe, fehlt mir der physische Kontakt zu anderen Menschen. Insbesondere jetzt vermisse ich Waldemar mehr denn je. Papa wäre vergangene Woche 88 Jahre alt geworden und normalerweise geht die Familie gemeinsam auf den Friedhof. Am Grab gibt es dann einen spanischen Anis, Brandy oder Rotwein und wir stoßen auf Papa an und gehen danach gemeinsam Essen. Nicht so in Corona-Zeiten. Jeder geht für sich oder zu zweit mit dem nötigen Abstand. So war ich alleine auf dem Friedhof und der Gang zum Grab hat mich sehr bewegt.

Das Wetter ist sonnig und warm, da sehnt man sich besonders nach Geselligkeit. Mir fehlen die Gespräche und das Lachen. Zum Glück sind meine Schwester und ihr Mann meine Nachbarn und so treffen wir uns am Wochenende an unserer Grundstücksgrenze auf einen Drink zum Sonnenuntergang: Sundowner mit Social Distancing.

Irgendwie komme ich mir vor wie eine Schauspielerin in einem Endzeitfilm, sehe so aus und benehme mich auch so. Die ganze Zeit wünscht man sich, gesund zu bleiben und diesen Albtraum zu überstehen. Doch zunächst muss man sich ständig selbst motivieren, um auf allen Ebenen diszipliniert zu bleiben.

Osterfreuden

Als wir noch Kinder waren, bekamen wir immer zu Ostern die ersten weißen Kniestrümpfe geschenkt. Die lagen am Ostersonntag in den Nestern, die uns Mama versteckt hatte. Das war Tradition, wie so vieles in meiner Kindheit. Karfreitag war damals der langweiligste und trübsinnigste Tag des Jahres und es fühlte sich tatsächlich so an, als ob Jesus gerade gestorben wäre. Erst viel später habe ich es verstanden, deshalb achte und wertschätze ich meinen christlichen Glauben heute umso mehr.

An Gründonnerstag herrschte großes Treiben zuhause. Ostereier färben war das Highlight und ein Wettstreit, wer die schönsten ausgeblasenen Eier bemalt, die an Forsythienzweigen aufgehängt wurden. Einkaufen war damals viel schwieriger und musste genau geplant werden. Bestellungen beim Metzger und beim Eiermann auf dem Wochenmarkt, auch die Getränke wurden nachhause geliefert, denn Discounter und Supermärkte gab es damals noch nicht. Grüne Soße ist das traditionelle Gründonnerstagsessen in Hessen und das war schon ein Fest für sich. Dazu wurden kleine Pellkartoffeln gekocht, genügend, um daraus für Karfreitag noch den Kartoffelsalat zum Fisch machen zu können. Mein Elternhaus war voller Leben und Traditionen und vieles halten wir bis heute so. Ostersamstag wurde gebacken und gekocht, damit alles vorbereitet ist, wenn die Familien zu Besuch kommen. Am Sonntag ging es zu wie im Taubenschlag und bis in den Abend hinein wurde gegessen, getrunken und gelacht. An Ostermontag gab es Restessen und wenn das Wetter gut war, wurden Ausflüge in die Umgebung gemacht. Mit Kaffeetrinken aus alten bunten Thermoskannen und karierten Decken und allen Kuchen vom Sonntag. Wir haben auf den Wiesen Eier geworfen, bei uns als Eierschibbeln bekannt. Danach ging es wieder zu uns Nachhause und es gab Abendbrot mit der ganzen Familie. Das heißt ungefähr zwanzig Personen. Kaum vorstellbar, obwohl wir heutzutage in vielen Dingen wesentlich privilegierter sind, aber das war Ostern!

Selbst in meiner Familie haben sich die Dinge über die Jahre verändert, als unsere Eltern in Rente gingen und einen Großteil des Jahres in Spanien verbracht haben – auch eben über Ostern. Also verbrachten wir die Osterferien dort und lebten beide Kulturen. Papa als gläubiger Katholik war in der Karwoche hoch beschäftigt, den Oster-Prozessionen beizuwohnen. Wir nahmen nur an der Karfreitagsprozession teil. Immer sehr festlich und bewegend zugleich, Osterfreuden der besinnlichen Art.

Auch in Spanien ein kulinarisches Fest, auch wenn wir dort auf unsere traditionelle Grüne Soße verzichten mussten. Dafür gab es an Karfreitag ein herrliches Fisch-Buffet und Spaziergänge am Meer oder auf der Promenade.

Heute ist Karfreitag, aber ein anderer als jemals zuvor und doch unser hoher, christlicher Feiertag, der nichts von seiner Bedeutung verloren hat. Daran musste ich heute Morgen denken und habe deshalb beschlossen, dieses andere Osterfest so festlich wie möglich zu begehen. Trotz der erschwerten Rahmenbedingungen. Das Wetter ist prachtvoll und ich sitze in meinem schönen Garten und schreibe. Meine Erinnerungen erfüllen mich mit einer großen Dankbarkeit, genauso wie meine Gegenwart. Was die Zukunft bringen wird, wissen wir nicht und das Hier und Jetzt zu genießen und wahrzunehmen, ist das Gebot der Stunde. Allerdings weiß ich eines mir Sicherheit: Das Osterlicht wird uns auch in diesem Jahr neue Hoffnung und Zuversicht bringen und geben. Nur wird es eben in diesem Jahr eine andere Wertschätzung bekommen und für mich das größte Ostergeschenk sein.

Zunächst befasse ich mich mit meinen kleinen Plänen und das wird mein Mittagessen sein. Es gibt einen Frühlingssalat mit Bärlauchdressing und Ei.

Natürlich Ostereiern. Nicht so üppig wie früher, aber das ist heute nicht mehr das Wichtigste für mich. Zum Abendessen gibt es Räucherlachs und einen schönen deutschen Riesling. Die restlichen Osterfeiertage lasse ich auf mich zukommen und mache auch kulinarisch das Beste daraus.

Heimat

In den vergangenen Tagen ging mir so vieles durch den Kopf und meine Gedanken sind bei dem Wort Heimat hängengeblieben. Es liegt daran, dass ich seit über vier Wochen nur zuhause bin und eigentlich auch sehr gerne in meinem Zuhause bin. Hier fühle ich mich wohl, sicher und geborgen. Allerdings auch zeitweise etwas einsam, was aber letztendlich meinem Witwendasein geschuldet ist. Aber es geht nicht nur um mein behagliches Heim, nein, auch in meiner Stadt und meinem Land fühle ich mich Zuhause. Das ist für mich die geographische Heimat. Aber Heimat macht so viel mehr aus als nur der Ort, an dem man geboren wurde, aufgewachsen ist, oder lebt. Die unterschiedlichen Aspekte vereinigen sich mit diesem Begriff und jeder Mensch wird genauso unterschiedlich zu diesem Thema argumentieren. Viele Menschen sind für ihr Heimatland gestorben, in den Krieg gezogen, oder haben ihre Heimat verloren. Heimat ist eben auch Emotion und oftmals nicht nur positiv besetzt.

Zunächst wird man als kleines Menschlein in eine Familie hineingeboren. Das ist unsere erste Gemeinschaft, die wir erfahren und die uns lebenslang prägt. Ich komme mütterlicherseits aus einer riesigen Sippe, die teilweise einer anderen Kultur entstammt. Die Familie meines Großvaters waren Korbflechter und sind als Jenisches Volk mit eigener Sprache und ihren Wohnwagen durchs Land gereist. Bis heute werden in meiner Familie einige Wörter benutzt und werden als Manische Sprache bezeichnet. Ein Volk am Rande der Gesellschaft und stigmatisiert. Mein Großvater wurde nach der Hochzeit mit meiner Großmutter, die wiederum aus einer ländlichen Gegend stammte, sesshaft. Beide Kulturen sind perfekt zusammengewachsen und haben meine Kindheit geprägt. Zum einen durch die gesellschaftliche Stellung der Jenischen, die Kriegserlebnisse mit den Verlusten und Verfolgungen durch die Nazis, wurden einige Familienzweige im KZ ausgelöscht. Für meine Mutter und ihre Familie war es ein langer Weg, ein fast normaler Teil der Gesellschaft zu werden. Nach dem Zweiten Weltkrieg Zigeuenerblut zu haben, war immer noch ein Stigma und meiner Mutter war alles Jenische peinlich. Mein Großvater wurde Postangestellter, da er glücklicherweise Lesen und Schreiben konnte und ein großer Jule Verne Fan war. Er spielte Akkordeon, war ein Tüftler und Bastler und konnte nach wie vor kleine Kunstwerke flechten. Keines seiner Kinder hat das Handwerk gelernt, bedauerlicherweise, wie ich finde. Damals war es eben unfein und so war meine Mutter ein zurückhaltendes, unauffälliges Mädchen und bis heute bleibt sie lieber im Hintergrund. Sie hatte es schwerer als andere Kinder, obwohl sie viel Halt in der großen, fröhlichen Familie hatte und Aufmerksamkeit bekam. Für damalige Verhältnisse war die Familie offen und tolerant, deshalb ließ man sie auch nicht allein, als sie von meinem Vater, der amerikanischer Soldat war, schwanger wurde. Sie waren zwar verlobt, aber meine Mutter wollte bei ihrer Familie bleiben und so war es auch kein Problem, mich zu bekommen. Es war die beste Entscheidung ihres Lebens, nicht nach Amerika zu gehen, aber bestimmt auch eine der schwersten.

In die kleine, vom Krieg zerbombte Innenstadt, wurde ich in diese besondere Familie hineingeboren. Mama mit unehelichem Kind, wieder am Rande der Gesellschaft, aber sie lernte einen ebenso toleranten spanischen Gastarbeiter kennen und heiratete ihn. Dazu kamen noch zwei Schwestern und als Bonus eine spanische Familie obendrauf. Jackpot!

Spanien wurde unsere zweite Heimat, wenn auch nur für die großen Ferien im Sommer, aber wir liebten es, dort zu sein. Die kulturellen Einflüsse haben wieder neue Facetten in mein Leben gebracht und bis heute beeinflusst es meinen Alltag. Insbesondere die spanische Küche hatte es mir als Kind schon sehr angetan und bis heute gibt es ein kulinarisches Crossover bei mir.

Allerdings prägend finde ich das Aufwachsen in einer Kommune, die uns das Gefühl von Heimat vermittelt hat. Das Leben der Menschen in der Region, mit ihren Kulturen und Traditionen. Zur Schule gehen, eine Ausbildung erhalten, einen Arbeitsplatz bekommen sowie Freizeitaktivitäten und Freundschaften pflegen, sind für mich genauso so eng mit dem Wort Heimat verbunden. Es verursacht ein warmes und behagliches Gefühl, wenn man darüber nachdenkt. Das ist es wohl, an was sich Menschen erinnern, die ihre Heimat verloren haben und vertrieben wurden, oder wie Papa als Gastarbeiter ins Land kamen. Es wird ein lebenslanger Sehnsuchtsort mit Erinnerungen aller Art bleiben. Papa hat immer gesagt, dass er da Zuhause ist, wo seine Familie ist – und das waren wir. Er hatte Recht, da wo unser Herz ist, ist auch unsere Heimat.

Durch meine Heirat und eigene Familie bin ich noch stärker verwurzelt, als ich dachte. Selbst als ich vor fünf Jahren meine amerikanische Familie kennengelernt habe, war ich mir meiner Wurzeln mehr denn je bewusst, die mir meine Heimat bedeuten. Obwohl das Land meines Erzeuger-Vaters, der auch indianische Wurzeln hat, sehr schön ist, könnte ich dort nicht leben. Die Familie hat mich bedingungslos angenommen und mich liebevoll willkommen geheißen. Ich fühle mich geliebt und persönlich bei meinem Leben angekommen, denn mir hatte immer ein Teil von mir gefehlt. Es war sogar ein erheblicher Teil, denn es ist meine eigene Persönlichkeit, die dort tatsächlich ihre Heimat und ihren Frieden gefunden hat. Es hat mir enorm geholfen, meinen Platz im Leben neu einzuordnen und macht mich zufriedener, auch in der Krise. Mittlerweile empfinde ich eine große Dankbarkeit für all die Möglichkeiten, die mir das Leben gegeben hat. Aus dem Mix dieser unterschiedlichen Kulturen bin ich wie ein zeitgemäßer menschlicher Cocktail mit starken bunten Wurzeln und einer Heimat im Herzen.

Erste Liebe

Es passiert einem schon sehr viel in einem Menschenleben, insbesondere wenn man in der Rückschau sein eigenes Leben betrachtet und aufarbeitet. Die Corona-Krise löst zurzeit so viele Zukunftsängste aus, dass man beginnt, Ereignisse aus der Vergangenheit zu reflektieren, aber auch gegenwärtig demütiger und dankbarer im Jetzt handelt. Denn es geht um das Jetzt, auch wenn uns die Vergangenheit geprägt hat und wir Lebensstrategien entwickeln mussten, so profitieren wir aus der Quelle der gemachten Erfahrungen und Begegnungen.

Meine Gefühlswelt fährt seit zwei Wochen Achterbahn. Zuerst ein desaströser familiärer Rückschlag, der mich eine Woche um meinen Verstand gebracht hatte und ich mich eigentlich wieder im Verdrängungsmodus befinde. Dann eine Woche später ein Ereignis, das mich über mich selbst staunen lässt. Es gibt Dinge in unserm Leben, die bleiben und sind für immer in unserem Unterbewusstsein verankert. Meistens, wenn sie hoch emotional waren, wie unsere erste Liebe.

Diese erste Liebe ist mir durch Zufall wieder begegnet und ich hatte Herzklopfen wie ein Teenager. Wir waren einen Sommer lang ein Paar, aber ich habe ihn nie vergessen. Er war schon als Teenager der totale Womanizer und kein Kostverächter. Ich war schon sehr erwachsen für meine fünfzehn Jahre, aber auch sehr eifersüchtig. Wir hatten eine sehr leidenschaftliche Beziehung, aber wir waren beide noch nicht bereit für das große Ganze. Trotzdem bleiben die Momente unvergesslich und haben mich erwachsener und reifer werden lassen. Nichts ist so schlecht, dass es auch für etwas gut ist, sagt man. Schließlich lernte ich meinen Mann knapp zwei Jahre später kennen und lieben, mit allen Höhen und Tiefen einer fast 40-jährigen Beziehung.

Jetzt, 44 Jahre später, Mann und Frau stehen sich gegenüber. Ja, Mann und Frau haben sich äußerlich verändert, aber irgendwie auch nicht. Vieles ist so vertraut, das Gesicht, der Mund, die Hände, die Stimme, die Art zu sprechen, die Geschichten von früher, gemeinsame Interessen und eine hochanziehende Sinnlichkeit. Erschrocken über mich selbst: Als eine coole, über den Dingen stehende und abgeklärte Frau, verhalte ich mich wie ein fünfzehnjähriges Mädchen. Blicke ständig auf mein Handy, erhalte wunderschöne Nachrichten, schreibe und lese hunderte Posts in wenigen Tagen. Kann nicht schlafen, nicht essen und bin neugierig auf diesen eigentlich fremden Mann. Auf das Neue, aber auch das Bekannte. Vergessene Gefühle kommen zurück, auch das Begehren trifft mich wie ein Bumerang. Bums! Wie konnte mir das passieren?

Die Intensität und Wucht der Erinnerungen und alten Gefühle lösen sogar körperliche Reaktionen bei mir aus. Erhöhte Pulsfrequenz, kalte Finger, Appetitlosigkeit... Dieser Zustand wäre die Grundlage einer perfekten Diät oder man müsste eingeschläfert werden. Wie soll man das aushalten? Falls mein Verstand wieder irgendwann einsetzen sollte, hoffe ich, eine vernünftige Regelung zu finden, um mit der aktuellen Situation zurechtzukommen. Die Geschichte zeigt mir aber auch, dass ich gerade aus meinem Dornröschenschlaf geweckt werde. Das tut mir sehr gut und stärkt mein Selbstbewusstsein als Frau und bedeutet gleichzeitig, dass ich immer noch offen bin für diese Gefühle. Gefühle, von denen ich dachte, dass sie mit meinem Mann gestorben sind.

Doch wie nun auch immer sich die Dinge entwickeln, weiß ich, dass mir meine erste Liebe für immer verbunden sein wird und dass wir fähig sind, Menschen auf unterschiedliche Weise lieben können. Liebe hat ihre Zeit und ihre eigenen Gesetze. Das Bewusstsein darüber ist ein spätes Geschenk in meinem Leben. Ich nehme es gerne an, auch wenn es nur vorübergehend sein sollte, weiß ich, dass ich noch offen bin fürs Leben.

Feiertage

Alles war so schön geplant. Endlich wollte ich mal dort hinreisen, wo ich noch nicht war. Eine Woche Kreta, Vier-Sterne-Luxus-Hotel direkt am Strand, mit meinen Freundinnen, über meinen Geburtstag. Einfach mal chillen und verwöhnen lassen und mein Running Gag, dass ich einen ausgebe, bei All inclusive. Das hatte ich schon so lange nicht mehr. Doch dann kam Corona.

Das Virus hat nicht nur unsere Reisepläne durchkreuzt, sondern die ganze Welt auf den Kopf gestellt. Dagegen ist zuhause bleiben das kleinere Übel und in Anbetracht der vielen Todesfälle unbedeutend und unwichtig.

Nachdem dann bei uns die Vorsichtsmaßnahmen etwas gelockert wurden, sind wir zwar teilweise erleichtert, aber immer mit der Angst vor einer Ansteckung unterwegs. Trotzdem haben wir Geschwister an Muttertag beschlossen zu feiern, weil es Mama nicht mehr so gut geht und wir alle die uns verbleibende Zeit nutzen wollen. Wir haben eine kleine, feine Gartenparty veranstaltet und uns große Hüte aufgesetzt. Mama war ganz verzückt von ihren verrückten Mädchen. Sie war glücklich und stolz, obwohl man ihre körperliche Schwäche spürte. Auch ihre Augen sind müde vom Leben und es hat sie

Kraft gekostet, auch wenn sie es genossen hat. Wir werden uns aber immer an diesen schönen Tag erinnern.

Wie gesagt, da ich ja aus einer lauten, bunten und fröhlichen Familie stamme, wir gefeiert, gut gegessen, getrunken, gelacht, auch mal geweint, getanzt und gesungen. Unsere Feste sind legendär und gemäß diesem Motto werden die Feste gefeiert, wie sie fallen.

Meine letzte Geburtstagsfeier zuhause war vor fünf Jahren, kurz nach Waldemars Krebsdiagnose. Er wollte damals unbedingt, dass wir feiern und so gut wie es geht normal bleiben. Natürlich flossen auch Tränen, aber geblieben sind schöne Erinnerungen.

So habe ich dann auch beschlossen, meinen „den kurz vor 60" zu feiern. Schließlich weiß man ja nicht, ob man den nächsten Geburtstag noch erleben wird und wer dabei sein kann. Nichts ist wie vorher und ein gewisser Sicherheitsabstand muss immer noch eingehalten werden, deshalb feiern in kleinen Gruppen und am besten im Freien. Das Wetter war traumhaft und warm. So lud ich dann die Familie zum Abendessen ein. Draußen auf der Terrasse festlich eingedeckt und vorher ein Begrüßungssekt im Garten. Das Essen habe ich bestellt und so war der Abend wunderbar entspannt für mich. Schließlich hätte ich ja den Abend auf Kreta verbracht und meinen Freundinnen einen ausgegeben – immer noch witzig. Ein gemütlicher Abend im Kreis der Familie und ehrlich gesagt viel wertvoller in diesen Zeiten, als es ein Urlaub im Luxus-Hotel jemals sein könnte.

Am nächsten Vormittag kamen meine Freundinnen zum Sektempfang in meinen Garten und es wurde eine feuchtfröhliche, in jeder Richtung emotionale Party. Wir haben Pizza und Salate bestellt. Ich habe es genossen und mit geschlossenen Augen in die Pizza gebissen. Sündig und lecker, allerdings auch diverse Gläser Sekt und meines Lieblings-Weißweines. Es waren zwei der schönsten Tage in meinem Leben, mit so viel Liebe und Zuneigung im Herzen, mit so viel Gefühl, dass es fast schon weh tut. Insbesondere auch durch die zunehmende Aufmerksamkeit eines besonderen Mannes.

Dornröschen

Ergriffen höre ich mir den Song „The Rose" von Bette Midler an. Tieftraurig, verzweifelt und am Ende voller Hoffnung. Eine wunderschöne, gefühlvolle Ballade, die ich früher oft im Chor gesungen habe. Immer wieder zum Dahinschmelzen. Die Rose oft besungen und beschrieben und das Sinnbild für die Liebe, das Leben und die Leidenschaft. Aber auch die vielfältigen spirituellen und religiösen Eigenschaften machen die Rose einzigartig in ihrer Bedeutung für uns Menschen.

Es gibt ein wunderbares Foto von mir auf einer Rosenfarm mitten in einem riesigen Rosenbogen, eingerahmt von hunderten blühenden Rosen. Selbst ich wirke relativ anmutig darauf, weil die Rosen diesen märchenhaften Eindruck vermitteln und ich im normalen Leben nicht gerade der Prinzessinnen-Typ bin. So wirkt das Bild im Rosenhain, als wäre ich das moderne Senior Model von Dornröschen. Die Zartheit und Eleganz der Rosen macht mich weicher und milder. Also können Rosen auch verzaubern und betören durch ihren Duft. Seit der Antike als begehrte Pflanze zur Herstellung von Ölen, Essenzen und als Grundstoff für Parfüm. Interessanterweise trage ich selbst seit vielen Jahren ein französisches Parfüm mit der Grundnote der

Rose und ich werde oft darauf angesprochen. Der Duft passt zu mir, als wenn er nur mich kreiert wurde.

Wir haben jetzt Anfang Juni und die Zeit der Rosenblüte. In meinem kleinen Garten habe ich leider nur wenige Rosenstöcke, aber einen Besonderen. Waldemar hatte mit vor Jahren zum Geburtstag eine zartrosa, fast porzellanfarbene Kletterrose für unseren Rosenbogen geschenkt. Leider musste dieser im vergangenen Jahr wegen Baumaßnahmen im Garten weichen. Ich konnte einen kleinen Trieb retten und habe ihn gehegt und gepflegt und im Herbst wieder eingepflanzt. Glücklicherweise ist er angegangen und zeigt die ersten zarten Knospen. Sie sind für mich ein positives Zeichen von Waldemar. Dornröschen wurde nämlich wachgeküsst von ihrer alten, neuen Liebe. Ich bin mit mir im Reinen nach meiner Zeit der Trauer um Waldemar. Das Erblühen von Waldemars Rose macht mir Mut, meine neuen Gefühle auszuleben. Die Schmetterlinge im Seniorinnen-Bauch halten mich ganz schön auf Trab und bewirken unter anderem, dass ich mich wohlfühle und kein Gewicht zunehme. Dieses späte Erblühen schadet mir offensichtlich nicht im Geringsten, aber ich befürchte, dass der Appetit auf Essen zurückkommen wird, die Schmetterlinge verfliegen und die Rosen verblassen. Doch das schöne Gefühl wird für immer bleiben. Der Stoff, aus dem Lieder und Märchen sind.

Die lustige Witwe

Da gibt es diese wunderbare, gleichnamige Operette von Franz Lehár mit dem schönen Lied „Lippen schweigen" – und schon bewege ich mich im Dreivierteltakt. Allerdings in der Realität mit einem Partner Walzer dazu zu tanzen ist traumhaft schön, insbesondere wenn man dabei noch geküsst wird. Keine Fantasie und doch unvorstellbar, dass ich das nochmal erleben und genießen darf. Und damit erfülle ich das Sinnbild einer lustigen Witwe.

Mittlerweile ist mein Spitzname „die lustige Witwe" und Waldemar wäre glücklich über diesen Umstand, denn das wollte er, dass ich mir ein schönes Leben mache. Leichter gesagt als getan, denn an diesen Punkt muss man erst gelangen, es zulassen und sich nicht mehr hinter der Trauer verstecken. Die eigentliche Trauer um einen geliebten Menschen wird niemals vergehen, aber sie steht nicht mehr im alltäglichen Vordergrund des Lebens.

In der Bibel steht: Alles hat seine Zeit. Und oft von mir zitiert, aber immer treffend. Die besagten Zeiten wechseln sich ab, das ist es, was mich das Leben gelehrt hat. Alle Zeiten wechseln sich ab und wir wachsen daran. Natürlich wollen wir am liebsten nur die guten und fröhlichen Zeiten, leider ist das nicht vorgesehen, aber wenn die guten Zeiten dran sind, dann sollte man sie ausnutzen und davon zehren. So habe ich es schon immer getan und Freude auch im Leid empfinden zu können, ist ein großes Gut.

Dazu kommt auch wieder meine alte Freundin: die Genusssucht für die schönen Dinge des Lebens, mit ihren vielen Gesichtern. Nur zu gerne teile ich diese Freundin mit anderen, denn bereits als junge Frau war mein Motto: Liebe, lebe, lache. Die eigentliche Überschrift ist aber das Leben, es beinhaltet alles. Emotionen, Stationen, Etappen, Siege, Kämpfe, Nöte. Nein, leicht war es nie, selbst in meinen Zeiten als physisch dickes Mädchen, im wahrsten Sinne des Wortes. Auch das ist die andere Seite der Medaille. Selbstzweifel, Frustration und Niederlagen, sich Schwächen eingestehen. Sich gehen lassen und undiszipliniert sein gehört auch zu den Schattenseiten eines jeden Menschen, aber es ist schwer, es sich einzugestehen. Die Medaille wieder umzudrehen erfordert Selbstmotivation, Kraft und Stärke. Wenn man das geschafft hat, ist es wie die Prise Salz, die noch gefehlt hat, und schon schmeckt das Leben besser.

Neulich hat mir eine amerikanische Cousine geschrieben, dass sie gerne in mein schönes Leben

adoptiert werden möchte. Sie kennt nur Momentaufnahmen und Fotos, auf denen man glücklich
aussieht. Man schreibt und postet nicht, dass man
gerade depressiv ist, seine Diät nicht durchhält und
schlechte Laune hat. Keine Bilder in Jogginghosen,
fett, ungeschminkt und unfrisiert, in hässlicher Umgebung. Das macht niemand, den ich kenne. Dieses
„joyful life", wie es meine Cousine nennt, hat mich
sehr nachdenklich gemacht, wie ich auf meine Mitmenschen wirke. Ich nenne es Leben, all inclusive.

Meine Trauer um Waldemar habe ich überwun-
den und bin unendlich dankbar über die Freude,
die ich zulassen kann und die mir durch andere zu-
teil wird. Es ist wie ein Geschenk des Lebens. Auch
die Freude über gutes Essen scheint in meiner Ge-
netik verankert zu sein, gehört aber auch an dieser
Stelle unbedingt zum Leben einer lustigen Witwe,
die so viele Dinge wieder neu erlernen musste.

Gleich wichtig!

Das leidige Thema Gewichthalten zieht sich wie ein rotes Absperrband eines Tatorts durch die vergangenen beiden Jahre. Sich ständig mit der eigenen Ernährungssituation auseinanderzusetzen kann zeitweise sehr nervig sein. Bei genauer Betrachtung unserem Leben aber durchaus einen neuen Sinn geben. Einen zusätzlichen, würde ich eher sagen, aber keinesfalls einen gestörten. Insbesondere wenn man, wie ich durch den Krebstod meines Mannes vor drei Jahren, wieder lernen muss, den Sinn zu erkennen. Wieder lernen zu leben und genießen, maßvoll und trotzdem leidenschaftlich im Gleichgewicht zu bleiben.

Es ist nicht nur das körperliche Gleichgewicht, dass nach einer erfolgreichen Ernährungsumstellung und Reduzierung des Körpergewichtes unbedingt eine kontinuierliche Kontrolle benötigt. Nein, auch unser seelisches Gleichgewicht benötigt die gleiche Aufmerksamkeit, um mit dem Körper in der Balance zu bleiben. Sich mit Leib und Seele wohlfühlen ist eine der höchsten menschlichen Bedürfnisse und eine Befriedigung aller Sinne. Den Punkt dieser Zufriedenheit im eigenen Leben zu finden ist gleichbedeutend mit glücklich sein. Glück ist leider kein konstantes Gefühl, aber wer schon einmal glücklich war, der wird immer wieder danach streben. Allerdings verläuft unser Leben nie so, wie wir es uns wünschen oder vorstellen. Eine gesunde Mitte zu finden, bleibt ein lebenslanger Balanceakt.

Das Wort Balance hört sich so leichtfüßig an, ist aber tatsächlich Schwerstarbeit. Sich ständig selbst zu reflektieren, ist ein wichtiger Bestandteil unseres eigenen Entwicklungsprozesses, um ganzheitlich funktionieren zu können. Vergleichbar mit den regelmäßigen Software Updates für den PC, benötigt auch unser Gehirn die notwendigen Neuerungen und den Papierkorb vom angestauten Müll und überflüssigen, unnötigen Informationen zu leeren. Wartet man zu lange damit, schleichen sich Virenprogramme und Trojaner in unser System. Was genau heißt, wir übernehmen keine Verantwortung mehr für uns selbst. Genau genommen wird es eine lebenslange Aufgabe bleiben und dazu kommt noch, was das Schicksal uns noch obendrauf packt, steigert aber den Level enorm.

Mittlerweile auf einem hohen Level gelandet, mit Narben und Blessuren meines fast 60-jährigen Lebens, blicke ich doch auf einen durchschnittlich zufriedenen Ist-Zustand. Das ist nämlich das Wichtigste, das Hier und das Jetzt! In der Bibel steht: Jeder Tag hat seine eigene Plage. Das trifft es genau, denn jeder Tag will gelebt werden, mit all seinen Herausforderungen. Ob es morgens der Gang auf die gehasste Waage ist, weil man wieder mal zu viele Kohlenhydrate gegessen hat, zu viel Alkohol am Vorabend hatte, das Konto überzogen ist, man einen Strafzettel am Auto hatte, oder – was am schlimmsten ist – dass man ernsthaft krank ist.

Durch die Krebserkrankung meines verstorbenen Mannes habe ich gelernt zu kämpfen, oft gegen Windmühlen, habe nie meinen Humor und meine Zuversicht verloren, niemals habe ich die Hoffnung aufgegeben. In diesem Sinne werde ich auch weiterhin versuchen, im Gleichgewicht zu bleiben, egal was das Leben noch alles mit mir vor hat oder nicht. Wir haben sowieso keinen Einfluss darauf, was kommt. Die Verlockungen und Versuchungen, die am Rande meines Weges lauern, werde ich keinesfalls alle ignorieren, denn sie gehören dazu. Zumal sie recht lecker und sexy sein können. Schließlich muss man auch seine eigenen Schwächen kennen, sonst kann sich daraus keine Stärke entwickeln. Liebe, Familie, Freundschaft, Essen, Trinken, Feiern, Tanzen – davon kann man niemals genug bekommen, denn auch das gehört zum Faktor Glück und ist keine Selbstverständlichkeit, wenn wir es nicht zulassen. Das alles ist gleich wichtig für unser menschliches Dasein und für mich persönlich bedeutet es große Dankbarkeit zu empfinden und verleitet mich gerade, wieder mit einem Gläschen Prosecco auf das Leben anzustoßen.

FSC
www.fsc.org

MIX

Papier | Fördert
gute Waldnutzung

FSC® C083411

Zeitfracht Medien GmbH
Ferdinand-Jühlke-Straße 7
99095 Erfurt, Deutschland
produktsicherheit@kolibri360.de